밥 딜런을 만난 사나이

-저항 가수 양병집 자전소설-

밥 딜런을 만난 사나이

발행일	2021년 11월 30일		
지은이	양병집		
펴낸이	손형국		
펴낸곳	(주)북랩		
편집인	선일영	**편집**	정두철, 배진용, 김현아, 박준, 장하영
디자인	이현수, 한수희, 김윤주, 허지혜, 안유경	**제작**	박기성, 황동현, 구성우, 권태련
마케팅	김회란, 박진관		
출판등록	2004. 12. 1(제2012-000051호)		
주소	서울특별시 금천구 가산디지털 1로 168, 우림라이온스밸리 B동 B113~114호, C동 B101호		
홈페이지	www.book.co.kr		
전화번호	(02)2026-5777	**팩스**	(02)2026-5747

ISBN   979-11-6539-203-1 03810 (종이책)   979-11-6539-204-8 05810 (전자책)

(주)북랩 성공출판의 파트너

북랩 홈페이지와 패밀리 사이트에서 다양한 출판 솔루션을 만나 보세요!

홈페이지 book.co.kr   •   **블로그** blog.naver.com/essaybook   •   **출판문의** book@book.co.kr

작가 연락처 문의 ▸ ask.book.co.kr

작가 연락처는 개인정보이므로 북랩에서 알려드릴 수 없습니다.

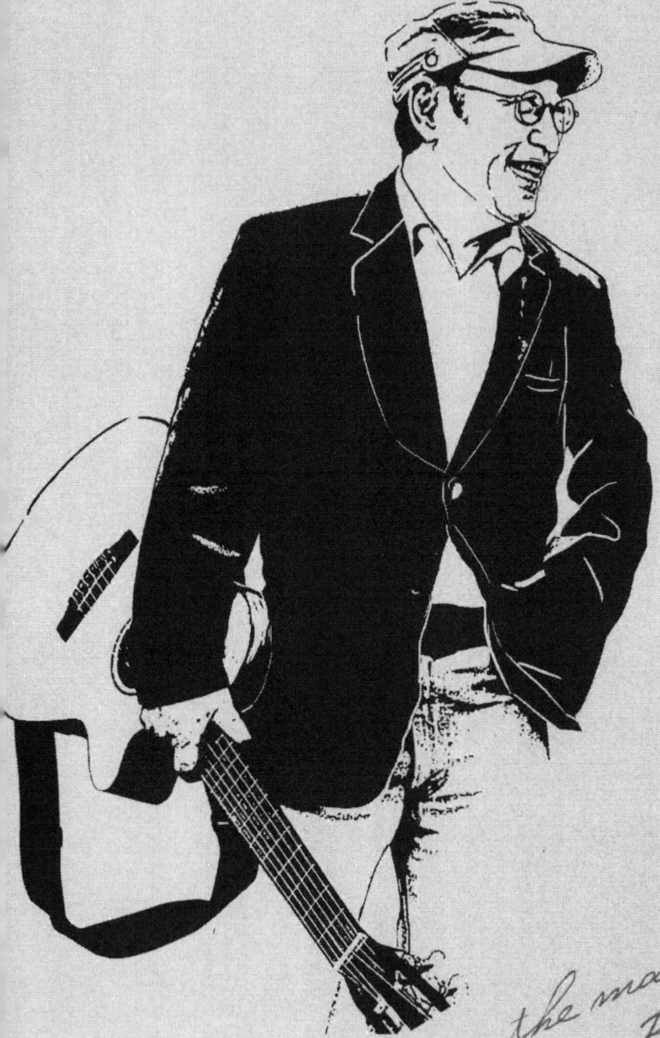

목
차

추천사

내가 본 양병집 선배님

내가 선배님을 처음 본 건 2010년경, 마포의 한울출판사였다.

출판 문제로 들렀는데, 편집부 윤 과장이 "저분이 양병집 씨세요. 이번에 책이 나와요."라고 했다.

양 병 집.

까맣게 잊고 있었다. 이름에서 풍기는 저항적인 이미지. 70년대 음반발매 후 '반체제 가수'로 몰려 반응이 좋았음에도 전량 폐기된 사건 등. 그분에 대한 기억은 다소 우울한 것들이었다.

그 뒤로 나는 양 선배님과 교류를 하며 그분의 인간미에 매료되어 팬이 되었다.

빼어난 영어 실력

나는 국내파 연예인 중에서 양 선배님만큼 영어를 구사하고 번역하는 사람을 본 적이 없다. 회화도 유창하고 특히 팝송의 시적인 가사를 우리말로 옮기는 실력은 발군이다. 이연실의 「소낙비」, 김광석의 「두 바퀴로 가는 자동차」 등의 원작자다.

호주 이민 후 현지에서 겪은 파란만장한 일들도 그의 영어구사력과 깊은 관련이 있을 것이다.

그분을 볼 때마다 같은 연배의 세계챔프 홍수환 선수가 생각난다. 그 역시 발군의 영어 실력으로 화제를 모았는데 두 분은 중앙 중·고 동기동창이다. 홍 챔프는 중학교 시절에 영어 선생님께 배운 내용이 탄탄한 기초가 됐다고 한다. 영어교육자의 한 사람으로 그분이 몹시 궁금하다. 60년대 중반의 열악한 교육환경에서 어떻게 회화교육을 할 생각을 하셨는지….

타산지석과 반면교사

그의 SNS 팬으로서 느껴지는바, 그는 후배들에게 "나를 따르고 배우라."라고 하는 것이 아닌 "나처럼 되지 마라."라고 가르친다.

수많은 가수를 발굴했지만(동서남북, 해바라기, 들국화, 정태춘 등) 정작 그들의 성공은 먼발치에서 봐야 했다. 천성적으로 선량한 성품은 어려운 이웃을 그냥 지나치지 못했다. 항상 자신을 낮추고 이웃을 배려하는 그의 성품에 매료되어 따르는 후배들이 많다.

영웅과 유명인

우리는 신사임당이나 이순신 장군의 얼굴을 잘 모른다.

유명인은 얼굴이 알려지고, 그것은 미디어가 만든다. 반면 영웅은 자신의 노력으로 이루어진다. 때로 유명인이 추락하며 악취를 풍길 때, 영웅은 향기를 뿜는다.

그리하여 나는 감히 양 선배님을 이 시대의 영웅이라 칭하고 싶다.

따뜻한 가족사랑

비록 가족과 떨어져 있지만, 아내에 대한 고마움과 미안함은 그의 글 속에서 느껴진다. 특히 두 딸(윤경, 윤정)은 양 선배님의 삶 그 자체다. 큰딸이 호주에서 대학을 졸업하고, 한국에서 잠시 직장생활을 한 뒤에 돌아갈 때, 아빠가 100만 원을 주니까 200만 원을 내놓던 얘기에 나는 가슴이 먹먹했다.

외국에서 치과의사로 변호사로 성공한 두 딸에게 양 선배님은 '언성 히어로(Unsung Hero)' 그 자체다.

마무리

나는 10년 전 그분의 일대기 「두 바퀴로 가는 자동차」를 단숨에 읽고 KBS 피디들에게 권해서 호평을 받고, 섭외도 이뤄진 경험이 있다.

양 병 집!

그에게서 지적인 유머가 빠진다면?

있을 수 없다.

그는 한국의 아트 버크월드(Art Buchwald)!

이 시대의 최고의 재담가이기 때문이다.

추천인 곽영일 방송인
고려대응용언어학박사

잃어버릴 수 없는 전설

양병집은 '1970년대 저항 가수' 혹은 '한국의 밥 딜런'으로 불린다. 이 영광스러운 호칭은 그가 밥 딜런의 음악을 제대로 수용하고 이를 한국어의 어감에 맞는 가사를 붙인 실천 때문에 붙여졌다. 1974년에 발표된 데뷔 음반 〈넋두리〉 하나만으로도 그의 업적은 차고 넘친다. 물론 그의 이후의 앨범들도 '저주받은 걸작들'의 범주에 속한다.

그런데 이런 업적이 어떻게 나왔는지에 대한 기록이 많지 않다. 그가 이 책을 쓴 동기일 것이다. 한국에서 '프로테스트 포크(protest folk)'라는 이름에 값하는 작품들이 어떻게 나왔는지에 대한 이야기, 그리고 그 뒤의 이야기들이 주마등처럼 스쳐 간다. 그리고 그를 전설로 여기는 사람들에게는 의외로 보일 수 있지만, 음악인의 삶 외에 생활인의 삶이 꽤 많은 비중을 차지한다.

바로 그 이유 때문에 나처럼 대중음악과 연관된 문화사를 연구하는 사람에게 이 책은 보물 같다. 현대의 대중음악은 찬란한 순간의 연속으로 보이고 우리는 그 순간들을 사랑한다. 그렇지만 음악인들의 삶의 대부분도 평범한 일상이다. 그 일상이 시간을 따라 진행하다가 빛나는 순간들이 불쑥 탄생하는 것이다.

그래서 이 '자전소설'은 인생에서 화려하고 찬란한 순간에 초점을 맞추는 보통의 자서전과 다르다. 인생은 바퀴를 달고 시원하게 구르는 것이 아니라 휘청거리고 넘어지고 다시 일어나는 것이기 때문이다. 문자 그대로 두 바퀴로 가는 자동차다.

그래서 나의 의문은 평론가들 가운데 최규성과 김형찬은 언급했어도 신현준은 스쳐 지나간다는 점이다. 내가 그의 잦은 변덕에 다소 피곤한 모습을 보였기 때문이었을까. 그와의 연을 소중하게 생각했던 나로서는 의외다. 아마도 신현준이 그에게 너무 중요한 인물이라서 그럴 수도 있고, 아니면 나의 삶에도 찬란한 순간이 없어서 그랬을 수도 있다. 아무튼 서운하다, 하하.

그래도 그는 나에게 추천사를 부탁했다. 이 형님의 배짱 혹은 변덕이 아니면 할 수 없는 일이다. 멋있는 형님이다. 그래서 나는 '굳이 세상에 나가서 생산적인 일을 하려고 노력을 안 해도 된다'는 그의 말을 믿지 않는다. 내가 아는 한 양병집은 그런 사람이 아니다.

그가 어떤 사람이냐면, 한국 대중음악의 역사의 중요한 한 계열이 탄생하는데 씨를 뿌리고, 줄기가 자라고, 가지를 치는데 지대하고도 엄청나고도 위대한 공헌을 한 사람이다. 나는 그걸 안다. 스스로의 이름으로 꽃을 피우지 못했을 뿐이다. 꽃, 그게 뭐라고. 그는 제비꽃도, 해바라기도, 들국화도 아니지만 드넓은 벌판에 흐드러진 들풀이다. 그게 짱이다.

추천인 신현준
(前음악평론가, 「한국 팝의 고고학」 저자)

준집이 팝송에 관심을 가지게 된 계기는 중학교 이 학년 여름 방학 때 아버지가 전축이란 걸 사 오시고 뒤이어 그의 셋째 누나가 사 온 LP에 들어 있는 「Sad Movie」란 노래에 반하면서부터다. 그 후 우연한 기회에 클리프 리처드Cliff Richard가 나오는 〈틴에이저 스토리(The Young Ones)〉라는 영화에 나오는 노래들에 홀딱 반한 준집은 어머니를 졸라 기타를 사게 되었으나 두 달 정도 배우다 그만둔다. 그러다 성년이 되어 다시 팝송을 듣게 된 준집은 처음엔 톰 존스Tom Jones나 잉글버트 험퍼딩크 Engelbert Humperdinck 같은 가수들의 노래를 즐겨들었다. 그러다가 주변에 누가 닐 다이아몬드Neil Diamond 노래를 해볼 것을 권하여 「Solitary Man」, 「Holly Holy」 등을 부르며 스스로 만족해하고 있었는데 길에서 우연히 만난 옛 친구 덕분에 어느 대학생 듀오의 공연장에 가서 '피터 폴 & 메리Peter Paul & Mary(이하 PPM이라 약칭함)'라는 팀의 존재를 알게 된다. 그때까지만 해도 준집은 아마추어에 불과했다. 그러다 포크콘테스트에 입상하며 가요관계자들에 의해 '양병집'으로 불리게 되고 본인이 결성한 트리오 팀의 주 레퍼토리를 PPM의 커버곡들로 선정하면서 보다 본격적으로 미국 현대 민요(American Modern Folk)를 접하게 된다. 그러나 그의 팀이 해체되고 솔로 활동을 하게 될 때 내슈빌 DJ 김유복의 권유로 밥 딜런Bob Dylan의 노래들에 대하여 관심을 두게 된다.

그러나 밥 딜런은 목소리만 비슷했지 그의 가사는 수량도 많고 가사에 사용되는 언어의 차원이 일반 다른 팝송들과는 비교가 안 될 정도로 현란하여 병집이 그의 음악을 해석하고 소화하면서 많은 애를 먹게 된다. 그리고 그 고생해서 불러봐야 단지 한국어로 번역 또는 개사된 몇몇 곡들에만 약간의 반응만 보일 뿐 한국의 일반 대중들에게는 잘 먹혀들지 않았다. 그도 그럴 것이 영어 문화권의 사람들은 단순하게 반복되는 밥 딜런의 멜로디보다 사회를 은유적 단어로 신랄하게 비판하는 그의 노랫말에 환호하는 데 비해 영어가 일상어가 아닌 한국 사회에서 팝송의 역할은 국내 가요에서 느낄 수 없는 멜로디나 사운드에 치중되었기 때문이리라. 그러한 연유로 한때 양병집은 레너드 코헨Leonard Cohen이나 크리스 크리스토퍼슨Kris Kristofferson 같은 가수들의 음악으로 바꾸어 볼까 하는 생각도 해봤지만,

그쪽은 이미 여러 가수가 따라 하고 있기도 하고 일반인들에게는 어차피 도긴개긴일 수도 있겠다 하는 판단하에 어차피 '한국의 밥 딜런'이라는 식의 이미지가 붙어버린 자신의 정체성을 버리지 못해 평생 밥 딜런의 음악과 자신이 만든 몇몇 작품에 의존하며 살아왔던 것이다.

이제는 세상이 많이 좋아져 싸이, BTS 등의 음악인뿐만 아니라 〈기생충〉, 〈미나리〉 등의 영화와 얼마 전에는 「파친코」라는 소설로 그리고 최근에는 급기야 〈오징어 게임〉 같은 드라마를 통해 지난 1970년대처럼 서양문화를 일방적으로 동경하고 수용하지 않고 한국의 문화를 세계인들에게 알릴 수 있는 경지에까지 다다르게 되었다.

이 책을 통해 양병집이 말하려고 하는 것은 음악을 한다는 것은 그것이 클래식이든 대중음악이든 미술이나 스포츠 세계와 마찬가지로 예술이나 운동을 통하여 성공하기 위해서는 요행보다는 천부적 재능이 절대적으로 필요하다는 것을 강조하려 함에 있다. 그러므로 아직도 "그냥 내가 좋아서 한다." 하면서도 혹시나 모를 행운을 기대하며 프로 세계를 꿈꾸는 과거의 자신과 같은 게으른 젊은이가 있다면 이 책의 글을 읽는 동안 단 한 번 주어지는 우리 인생의 소중한 시간 속에서 더욱더 즐겁고 보람된 길이 많으니 하루라도 빨리 그 길을 선택하길 바라는 마음을 담아 써 내려간 양병집 본인의 자전 소설이자 일종의 인생 고백록이다. 그리고 양병집은 말한다. "예술가란 오직 하늘의 축복을 받은 사람들을 위한 직업이다. 그렇지 못한 사람들이 그 길을 선택한다면 그 인생은 결국 저주받은 인생으로 끝날 것이다."

1부

자립사

아버지와 부산역에 도착한 당일은 서대신동의 차 소장 집에서 함께 식사하였고 오후 시간에 그 집에서 나와 광복동 시내 뒷골목의 한 여관방에서 아버지와 함께 잠들었다 준집 혼자 먼저 일찍 깨어나 밖으로 나와보니 골목 틈 사이로 자동차들이 지나가는 광경이 보이고 또 다른 골목에서 한 아주머니가 양동이 비슷한 걸 머리에 이고 "재칫국 사이소 재칫국 사이소!" 하며 외치고 지나가는 모습이 보였다. 여관방 앞의 골목을 잠시 서성이다 다시 방으로 들어온 준집은 아버지가 세수를 마치고 옷을 갈아입으며 "자 나가보자."라고 말씀하실 때까지 여관방 벽에 기대어 우두커니 앉아있었다. 그의 아버지 양제을은 온종일 준집을 데리고 이리저리 다니며 분주하게 움직였는데 아직 나이가 열아홉밖에 안 되어 세상 물정을 모르는 준집은 아무런 영문도 모른 채 아버지 뒤꽁무니만 쫓아다닐 수밖에 없었다. 일요일에 문을 여는 인쇄소를 찾아간 아버지가 준집의 이름으로 명함을 주문하면 준집은 물끄러미 아버지의 그런 모습을 지켜보았고 점심으로 장어덮밥 집에 들어가시면 본인은 오뎅백반으로 대신했고 그러다 서울에서 한번 인사를 나눴던 이씨를 만나러 다방으로 가면 아버지 옆자리에 앉아 두 분이 나누는 말씀을 엿들었다. 그날은 그렇게 지나갔다. 아버지는 다시 하룻밤을 준집과 보낸 뒤에 다음날 여관방에서 나와 아침을 함께 먹고 서울행 낮 열차에 몸을 실었다.

부산역으로 출발하기 전 여관방에서 아버지 제을은 품에서 은행 통장 하나와 도장 하나를 꺼내 준집의 손에 쥐여주며 "이거 잘 간수하라. 네 자본금이야. 특히 도장은 항상 몸에 지니고 다니구. 너는 거저 내가 일러준 대로만 하라우. 그렇게만 하면 다 되게 돼 있어. 알갔디?"라고 말했고 준집은 몸을 약간 숙인 채 그것들을 받아들며 알겠다는 듯 고개를 끄덕였다. 검은색 오버코트에 중절모를 쓰고 있던 제을은 부산역 플랫폼에서 기차에 오르기 전 마지막으로 준집의 손을 잡으며 한마디 하였다. "그럼 잘 있으라."

아버지 양제을은 대청동에 준집의 하숙방과 중앙동 사무실을 잡아준 후에 그를 보좌할 이해성을 붙여주고 서울로 돌아갔다. 오늘로 출근 이틀째인 준집은 이해성에게 사무실을 지키라고 한 후 채권장사들이 많이 모여있다고 하는 광복동 부산전화국 앞으로 갔다. 그러나 아는 사람은 아무도 없고 아무 연고자도 없는 낯선 땅인 부산에서 도대체 누구에게 말을 걸어봐야 할지 난감하기 그지없었다.

중앙동 2가 큰길가에 있는 인쇄소에 미리 주문하여 오늘 아침에 받은 명함을 양복 안주머니에서 세장쯤 꺼내 만지작거리며 전화국 옆 골목을 기웃거리다 라이터와 만년필 등을 길거리 진열장 안에 늘어놓고 옆에는 "자립저축 전화 공채 매입 대납"이라고 쓴 입간판을 세워놓고 손님을 기다리는 채권장사들 중에서 그래도 인상이 좀 유순한듯한 사람을 발견하고 그에게로 다가갔다. "어서 오이소. 뭘 보실라꼬예?" 전형적인 부산 본토 발음으로 준집을 맞이한 그는 "라이타예? 좋은 거 많이 있심더." 하며 진열장 뒷문을 열 것처럼 손을 움직였다. "아 아 그게 아니구요." 하며 준집이 약간 머뭇거리자 "그라모 채권 팔러오셨심니꺼? 아니면 대납예?" 하고 물어왔다. 그 소리에 준집은 두근대던 가슴이 좀 가라앉는 듯한 느낌을 받으며 손에 쥐고 있다가 다시 옆 주머니에 넣어두었던 명함을 꺼내 그에게 건네며 "저 사실은 자립사라고 이번에 서울에서 와서 중앙동에 조그만 사무실을 하나 낸 사람인데요." 준집이 거기까지 말하자 그 사내가 말을 가로채며 "그런데 와예?" 하며 되물어왔다. 이제 준집은 몸에 긴장감이 모두 사라졌음을 느끼며 말을 계속해 나갔다. "지금 대납은 몇 프로에 해주시나요?" 준집의 그 물음에 이번엔 그가 약간 긴장을 하며 "얼마짜리 하실라꼬?" 하고 물어왔다. 그 말에 준집이 다시 "얼마짜리라기보다 한 십칠 프로 떼나요?" 하고 물으니 그가 "글씨 와 그러는데요?" 하며 이제는 약간 짜증 섞인 말투로 귀찮다는 듯 대답하였다. 그래서 준집은 서울에서 아버지를 도와 일하며 채권장사 백씨에게 배웠던 말기술을 활용해 단도직입적으로 본론에 들어갔다. "얼마에 하시든 상관없이 저희한테 오시면 십오프로에 해드릴께요." 그 말에 라이터 진열장 뒤쪽에 서 있던 그가 옆에 나란히 서 있는, 그처럼 길거리 진열장을 펴놓고 있는 다른 채권장사들을 힐끗 쳐다본 후 진열장 앞으로 나오며 그때까지 진열대 위에 받아놓고 관심을 두지 않고 있던 명함을 집어 내려다보며 "자립사라꼬? 처음 듣는데." 라고 혼잣말을 한 후 "알겠습니더. 일 끝나면 한번 가볼께예." 하며 다소 공손해진 어투로 명함을 자기 주머니에 챙겨 넣었다. "저 성함이?" 하며 준집이 묻자 그는 진열장 문을 열고 맨 위의 진열대 밑에 있던 명함통에서 그의 명함 한 장을 꺼내 준집에게 건넸다.

　광복동 길을 걸어 부민관 앞을 지나 사무실이 있는 중앙동 길을 걸어오며 그제야 양복 오른쪽 주머니에 넣어 두었던 그가 준 명함을 꺼내 보며 "부일사 김판도? 오늘은 이만하면 됐어. 이따가 오겠지. 온다 그랬으니까." 하며 옅은 회심의 미소를 띠었다.

하숙

대청동 큰길에 있는 하숙집은 자립사 사무실을 같이 쓰고 있는 동방통상 출장소 직원 백 씨가 소장 차 씨의 지시로 부산 지리에 어두운 양씨 부자를 대신해 알아봐 준 곳으로 약 열 명의 하숙을 치고 있는 일종의 하숙 전문업소이다. 큰길로 난 쪽문 비슷한 대문을 열고 들어가면 그리 넓지 않은 약간 어두운 마당이 있고 ㄷ자로 생긴 적산 건물에 아래층과 위층에 방이 있는데 준집의 방은 계단으로 올라가 왼쪽으로 첫 번째에 있는 다다미방이었다. 퇴근하고 돌아온 준집은 양복을 벽 한쪽에 몇 개 있는 옷걸이에 걸어놓고 나갈 때 개어놓은 이불위에 머리를 올려놓고 양복을 입은 채로 넥타이만 헤쳐 풀고 다다미 위에 펄썩 누워 오늘 있었던 일들을 되뇌기 시작했다. "동일창고라고? 뭐 18프로? 김판도가 놀랠 만도 하네. 내가 15프로라고 했으니. 그러니 그동안 얼마나 잘해 먹은 거야. 그 박중길인지 뭔지…" 준집은 약속대로 저녁에 자립사 사무실로 찾아와 한 시간가량 얘기를 나눈 김판도와의 대화를 머릿속에서 다시 풀어내며 "아마 오긴 올꺼야 워낙 차이가 크니까." 준집이 머리에 팔베개하고 그런 생각을 하는데 아래층에서 주인여자의 목소리가 들려왔다. "내려와 저녁 드이소. 밥상 차려놨어예."

준집이 아래층으로 내려가니 어제는 보지 못했던 한 남자가 저녁상이 차려진 식탁 맞은편에 앉아 준집을 보며 소리 없이 빙긋이 웃어주었다. 식탁 위에는 고등어조림과 김치찌개 그리고 몇 가지 반찬이 올려져 있었는데 어제는 계란부침이 있었으나 오늘은 계란은 없고 대신에 김을 놓은 것 같았다. 주인여자는 말없이 마당으로 내려가고 준집이 의자에 앉자 그 남자가 먼저 말을 걸어왔다. "서울서 오셨습니꺼?" 밥을 떠먹으려던 준집이 약간 엉거주춤하며 "네, 그런데요." 하고 대답하니 하얀 얼굴에 눈이 좀 갸르스름한 그 사내가 다시 말을 하였다. "출장 오셨습니꺼?" 준집은 밥을 떠넣으며 고개를 숙인 채로 대답했다. "아니요. 여기에 지점이 생겨서…" 준집보다 먼저 식사를 시작했던 그는 수저를 내려놓고 숭늉을 마시며 "많이 드이소. 저는 이만." 거기까지 말하고 의자에서 일어나 준집의 방이 있는 2층 계단으로 걸어 올라갔다.

잠시 뒤 식사를 마친 준집도 자신의 방으로 되돌아와 아까처럼 다시 다다미 위에 누워 두 팔을 머릿밑에 놓고 사흘이 지났어도 아직까지 낯선 하숙방 벽과 천정을 바라보며 그가 부산으로 오기 전 서울 누상동 집에서 나눴던 아버지와의 대화를 생각했다. "대학 생활이 어떻네?" 생각지 않았던 아버지의 질문에 조금은 당황스러웠던 준집은 "네, 그저 그래요." 하고 단답식으로 대답했다. "이제라도 그 공부 파하고 장삿길로 들어서면 어떻깠네?" 계속된 아버지 말씀에 뭔가 의도된 뜻이 있다는 걸 눈치챈 준집은 "왜요?" 하고 물었고 아버지 제을은 "해성 영감한테 들은 말인데 부산의 자립저축 시세가 서울보다 훨씬 싸다더라. 그래서 우리 쪽에서 누가 좀 내려가면 조깠는데 보낼 사람이 마땅치 않아요. 네 누나들은 다 여자구. 네가 한번 내려가 보면 어떻깠네.", "네? 제가요?" 그야말로 전혀 예상치 않았던 아버지의 말씀에 놀라 그렇게 반문하니 아버지가 한 말씀 더 하셨다. "이게 채권장사라는 게 그래요. 돈이라는 게 익은 밥과 같아서 누가 개져다 퍼먹으면 그걸 잡아낼 길이 없어. 이놈의 돈통을 믿고 맡길 사람이 있어야 되는데 당췌." 아버지의 그 말씀에 뜻이 헤아려지기에 준집은 긴말 않고 "네 알겠습니다. 제가 내려가 볼께요." 하고 대답을 하고야 말았다.

사실 준집은 대학 생활이 즐겁지 않았다. 의국이와의 싸움으로 중앙고등학교를 중퇴한 후 검정고시를 본다 어쩐다 하다가 일 년의 세월을 허송하고 딴 학교로 전학을 했으나 거기서도 적응이 안 되어 어느 날 아버지가 가져온 모 고등학교 졸업증명서로 S예술대 그것도 초급대에 입학했던 것이다. 그마저도 보결로 들어간 것이어서 준집이 그 대학에 들어갔을 때는 이미 모든 수업이 시작된 뒤였고 친구도 없어 1학기 동안 몇 번 수업에 참여했다가 2학기 때는 거의 학교에 안 가고 바깥세상에서 방황하던 중이었기에 무언가 그 생활을 마무리 지을 수 있는 돌파구가 필요했는데 때마침 아버지께서 그러한 제안을 해주신게 너무나 고맙기도 했다.

부산 출장소

대청동 대로를 건너 용두산을 끼고 아직도 일본식 적산 가옥이 많이 남아있는 중앙동 윗길을 지나 찐빵, 만둣집을 돌아 내려가 중앙로 2가의 한 2층 건물에 자리 잡은 사무실로 출근을 하니 동방통상의 백 씨와 자신의 아버지가 직원으로 붙여준 이 씨는 이미 출근해 있었다. 십오 평 남짓한 작은 사무실은 원래 서울에서 아버지 양제을이 운영하는 안전사의 전주들 중 가장 큰손인 이 회장이 경영하는 동방통상이라는 무역회사의 출장소로 차 소장과 백 씨 두 사람이 근무했는데 주로 동방통상에서 수입하는 담마고무나 자개장에 쓰이는 수입자개와 피피 레진 등 수입 품목의 통관업무를 담당하는 곳이었다. 준집이 부산으로 오기 전, 이 회장의 지시로 사무실 한쪽에 준집의 아버지 양제을이 아들의 자립과 취급 품목이 자립저축이라는 점에 착안, 자립사라고 이름 지어준 회사에 책상 두 개와 소파 하나를 내어준 것이었다. 준집이 사무실로 들어서자 아직 스무 살이 안 된 준집에게 오십 살이 넘은 이 씨가 머리를 조아리며 "나오셨어요?" 하고 인사를 하였고 백 씨는 그런 두 사람에게 꿰다 놓은 보릿자루 보듯 시큰둥한 시선으로 그들을 쳐다보았다. 그리고 그로부터 오 분 뒤쯤 넓적한 얼굴에 웃을 때 앞의 금이빨 두 개가 보이는 차 소장이 사무실로 들어오며 혼잣말 비슷하게 "오늘은 날이 많이 풀렸어." 하고 말하며 두꺼운 회색 코트를 목도리와 함께 벗어 사무실 한쪽 구석에 놓인 옷걸이에 걸었다.

준집도 차 소장에게 공손하게 인사한 후 자신의 책상 쪽으로 이 씨를 불러 조용히 이야기를 나누었다. 준집이 "그래서 방은 정했어요?" 하고 묻자 키가 163㎝ 정도로 작은 체격에 까무잡잡한 얼굴의 그가 약간의 미소를 머금고 "네, 영도에 얻었습니다."라고 대답했고 준집이 "그래요? 잘하셨네요. 오늘부터 이 씨는 전화 공채 쪽 좀 알아봐 주세요. 나는 서면 쪽 좀 알아보고 올께요. 그리고 급사 문제는 어찌 됐나요?"라고 하자 "네, 알아봤습니다. 내일 오후에 한 명이 온다고 했습니다."라고 대화를 나누었고 잠시 뒤 준집은 자신의 코트를 챙겨 이 씨와 함께 나무로 된 사무실 계단을 내려와 문 앞에서 이 씨와 헤어져 지나가는 택시를 잡아타고 서면으로 향했다. 부산의 모든 것이 난생처음이지만 지난 며칠간 아버지 또는 이 씨와 걸어 다니며 익

혀둔 광복동 남포동 중앙동은 이제 어느 정도 낯이 익어 생소함이 덜했는데 초량 범일동 특히 수정동 언덕의 판잣집들은 아직 세상 구경이 많지 않았던 준집의 눈에는 무척 신기하게 보였다. "어이구 세상에…. 저게 다 판잣집이란 말인가?" 그렇게 잠시 생각하는 동안 준집이 탄 택시는 서면 가까이 다다랐고 "손님예 어디 내려드릴까예?" 하는 운전사의 물음에 정신을 차린 준집은 "아, 여기 아무 데나 내려 주세요." 하고 말한 후 택시미터기에 나온 요금에 팁을 얹혀주고 그 택시에서 내렸다.

서울 신촌 로터리처럼 넓고 둥그런 로터리에서 부산전화국 앞처럼 채권장사들이 모인 곳을 찾아 이 골목 저 골목 입구를 기웃거리며 인도를 따라 걸어보았지만 좀처럼 보이지 않다가 지은 지 얼마 안 되어 현대식으로 보이는 국민은행 건물 가까이 가니 옆 골목에 채권장사 입간판이 두 개쯤 서 있는 게 보였다. 그중 한곳으로 다가가서 "실례합니다." 하고 말하니 상대방도 "어서오이소." 하고 대답했다. 준집은 어제 부산전화국 앞에서의 경험을 살려 자신의 명함을 건네며 "혹시 자립저축 파실 거 있습니까?" 하고 단도직입적으로 물으니 그 명함을 받아든 채권장사는 명함을 한번 훑어보고 "지금 뭐락켔는교? 자립저축을 사신다꼬예? 파는기 아니고?" 하며 무척 의아한 듯 되물어 왔다. 준집이 "네. 매입이면 83프로까지 쳐 드리고, 대납이면 85프로에 해드립니다."라고 말하자 채권장사는 쥐고 있던 명함을 다시 한 번 쳐다보며 "우와 그 말이 참말입니꺼?" 하고 묻다가 명함의 주소를 다시 한번 확인한 후 "하지만도 우리 같은 장사꾼이 그거 한 번 하러 그기까지 어찌 간단 말입니꺼?" 하며 되물어 왔다. 준집은 그제야 아차 싶었으나 순간 이 씨 생각을 하며 "두 건 이상일 때는 전화를 주시면 우리 직원이 가져올 겁니다."라고 말하자 채권장사는 "알겠심니더. 일이 있으마 전화 드릴께예." 하며 반신반의하는 표정으로 대답하였다. 사무실로 돌아오는 택시 안에서 준집은 "그렇구나! 서면은 배달상의 거리도 문제고 업자들도 별로 없구나!" 하는 것을 어렴풋이 알게 되었다.

자립저축

자립저축이라 함은 박정희 정권 당시 경제개발 5개년 계획을 2차까지 마치고 3차 5개년 계획을 준비하며 민간으로부터 자금 조달을 받기 위해 각종 인허가 사항과 관련되는 관공서의 서류에 접수 시 소요 금액의 일정 정도를 강제적으로 납부케 하는 일종의 강제성 예금이었다. 그래서 국민들은 예를 들어 이백만 원이 소요되는 건축 허가 사항이 있다고 하면 그 총액에 5%인 십만 원을 은행에 가서 입금하고 은행으로부터 납부이행 증명서(일명 신고필증)를 받아 허가서류에 첨부하여 제출토록 하였다. 처음에는 사람들이 본인의 돈으로 자립저축을 가입하고 후에 돈이 필요한 사람들은 그 증서를 다시 70~75% 정도의 가격으로 채권장사에게 내다 팔아 현금화하였는데 그렇게 얼마간 지속되다가 일부 이재에 밝고 자본금이 많은 전주들이 나타나 국민들이 저축을 하지 않고도 선이자에 해당하는 금액을 미리 내면 전주의 돈으로 대신 저축을 해주고 의뢰인에게는 필증만

전달해주는 방식으로 발전했다. 준집 아버지 양제을도 광산에 실패하여 가지고 있던 자립저축(유가증권)을 팔러 나갔다가 액면가의 80%를 받고 집으로 돌아오는 도중 이자율을 계산하다가 그 속에 엄청난 사업성이 있음을 발견하고 평소 자신과 거래 관계에 있으면서 꽤 알부자로 소문난 친구 이규한을 설득하여 안전사라는 조그만 사무실을 서울 명동 한 골목에 차리고 채권 모집 사업을 시작했으나 그때는 이미 서울 시세가 88%를 넘어 89~90%를 웃돌기 시작했다. 다시 말해 양제을은 전주 밑에서 여러 채권장사들에게 그날그날 대납을 해주는 중간 브로커 일을 하고 있었는데 부산은 서울 다음으로 물량이 많다는 소식을 뜨내기 채권장사 이해성으로부터 전해 듣고 초급대학에 다니고 있던 장남 준집을 설득해 부산으로 내려보낸 것이다.

매입과 달리 대납은 많은 자본이 필요하다. 매입은 채권장사마다 소자본을 가지고 유가증권을 팔러오는 사람들로부터 개별적 매입에 한정된 데 비해 대납은 여러 채권장사들에게 매일 매일 발생하는 대납 건수를 모두 소화해 내야되기 때문에 웬만한 자본가들로서는 엄두를 못 내는 일인데 동방통상의 이 회장은 어찌 된 영문인지 끝도 없는 현금 동원 능력을 갖추고 있어 친구 제을을 명동 사채시장 바닥에서 단사천은 예외로 한다 해도 양창갑, 윤장섭 다음가는 세 번째 큰손으로 만들어 준 것이다.

제을이 큰아들 준집에게 서울은행 부산지점에 개설해주고 간 계좌 안에는 1969년 당시로써는 엄청난 금액인 오천만 원이 사 업준비금으로 입금되어있었다. 이제 부산의 채권장사들이 그곳 으로 몰려와서 자립저축 총액의 일부만 지불하고 대납해주는 형태의 거래를 성사시키는 일만 준집에게 남은 것이다.

택시가 중앙동에 다다를 무렵 준집은 운전사에게 광복동으 로 가자고 하였고 오늘도 부산전화국 앞에서 내렸다. 어제와 달 리 오늘은 마음에 안정을 많이 찾았는지 전화국 주변의 채권장 사 숫자를 일일이 세어보았다. "흠, 저기에 여섯 명, 이쪽에 일 곱 명." 이런 식으로 자세히 살펴보니 길 건너편과 부영극장 근 처까지 산재해있는 채권장사들의 숫자는 어림잡아 이십여 명에 달했다. 오늘도 걸어서 사무실에 돌아오는 길에 은행 잔고의 재 차 확인을 위해 중간에 서울은행 부산지점에 들렀는데 준집을 본 창구 안의 대리가 황급히 창구 쪽으로 오며 공손한 자세로 "안으로 좀 들어오시죠."라고 말하여 준집은 그의 안내에 따라 지점 안으로 들어가니 대리는 김종섭이라는 자신의 이름이 새 겨진 명함을 준집에게 건네며 "정말 감사합니다. 그렇게나 많은 금액을 저희 은행에 예금해주셔서…"라고 말을 했다. 예상치 못한 환대에 조금 놀란 준집은 "아 아니요. 이제 시작인데요, 뭐. 앞으로 나까마들이 대납하러 많이들 올 겁니다. 도리어 제가 잘 부탁드립니다." 하고 대답하였다. 그사이 다방레지가 와서 커피 두 잔을 내려놓고 갔고 준집이 커피를 다 마시고 일어나려 하자 김 대리가 "조만간 저희 차장님하고 같이 식사 한 번 하시죠. 좋은 데로 모시겠습니다." 하여 준집은 "그러지요, 뭐." 하고 대답을 한 후 그 자리를 떠났다.

　은행을 나온 준집은 이번에는 광복동 큰길에 있는 우체국을 들렀다. 허름한 곤색 잠바 차림의 남자직원이 창구로 다가간 준집에게 어떤 용무로 오셨냐고 물었고 준집이 우체국장을 좀 뵐 수 있느냐고 물으니 그는 고개를 돌려 머리가 벗겨진 남자를 향해 "국장님 이분이 좀 뵙자고 하네예." 하였다. 그러자 국장인듯한 남자가 안으로 모시라고 하였고 준집은 여직원이 열어준 쪽문을 통하여 우체국장 옆으로 가 그가 내준 의자에 앉았다. "무슨 일이십니까?", "네, 다름 아니고 저희가 전화 공채 취급을 좀 하려고 하는데요. 부탁드릴 말씀이 있어서요.", "네? 무슨 말씀이신지?", "공채 한 장에 오천 원씩이잖아요. 그런데 하루에 삼사십 장 끊으면 증서가 삼사십 장 되니까 너무 많죠. 그래서 얘긴데 그날그날 거래한 금액을 마감 전에 합산해서 한 장으로 끊어주실 수 있나 해서요." 준집은 어제 김판도에게 주고 남겨놓은 명함 중 한 장을 국장에게 건네주며 그렇게 말했다. 국장은 준집의 명함을 살펴본 뒤 고개를 갸우뚱하며 "하루에 삼사십 장이라 그게 가능합니까?" 하고 준집에게 물었다.
"글쎄 저도 해봐야 하지만 서울에서는 하루에 이백 개 정도 하
니까."라고 말하자 그는 "글쎄요, 예금해주시는 건 고마운데 한
장으로 끊는 건 곤란할낀데…." 하며 머뭇거렸다. 이에 준집이
지갑에서 백만 원짜리 수표 한 장을 꺼내 "일단 오늘은 보통으
로 계좌를 터놓을께요." 하며 국장에게 건네자 국장은 다소 놀
라는 표정을 지은 후 곤색 잠바의 남자를 부르며 "송 주사, 이
걸로 양 사장님 통장 만들어 드려." 하고 지시했고 준집이 우체
국을 떠날 때 문 앞까지 나와 "아까 말씀하신 것은 한번 연구
해 보겠습니다." 하였다.

전화 공채

아침나절 서면에 갔다가 낮 한 시경 광복동에서 찐만두로 점심을 해결하고 부산전화국 주변을 둘러본 후 준집이 사무실로 돌아온 시각은 오후 세 시 반쯤이었다. 그리고 잠시 뒤 준집의 부탁으로 시내 전화상의 분포를 조사하러 나갔던 이 씨가 사무실로 돌아왔다. "어떻게 됐어요. 좀 알아봤어요?" 하고 준집이 이 씨에게 물으니 "네, 알아봤습니다. 여기." 하며 이 씨는 아주 작은 수첩을 준집에게 건넸고 이를 받아든 준집이 그 안을 들여다보니 다섯 페이지에 걸쳐 지역별 전화상들의 상호가 빼곡히 적혀있었다. 광복동 남포동 서대신동 부전동 초량동 서면 양정동 등 준집이 볼펜을 들어 하나하나 세어보니 대충 사오십 곳은 되는 것 같았다. 수첩을 이 씨에게 돌려주며 "제법 많네요. 급사할 애는 좀 알아봤습니까?" 하고 물으니 "네. 친구 영동이가 곧 알아봐 준다고 했습니다." 하고 이 씨가 대답하였다. 잠시 뒤 차 소장이 "자아 나 먼저 들어갑니다." 하며 퇴근한 후

사무실에는 준집과 이 씨와 백기환이라는 이름의 세 사람이 남
게 되자 백 선생도 "그럼, 저도." 하며 퇴근하려는데 준집이 "댁
에 가는 길이 안 바쁘시면 저녁이라도 같이하시죠." 하며 백 선
생을 붙잡았다. 준집이 백 선생을 잡은 데는 나름의 이유가 있
었다. 가만히 보니 차 소장은 낮에 외출하는 경우가 많은 것 같
은데 백 선생은 온종일 사무실에 붙어있을 뿐 아니라 아직은
자신을 바라보는 시선이 그리 우호적이지 않은 것 같은 느낌이
들어서였다. 그리하여 세 사람은 중앙동 윗 골목에 있는 준집
이 출퇴근하며 보아두었던 한 일식집으로 향했다.

"뭘 좋아하시는지?" 하고 준집이 백 선생에게 묻자 얼굴이 갸
름하고 서울말을 쓰는 백 씨는 "저야 아무거나 다 잘 먹죠." 하
였고 준집이 같은 질문을 이 씨에게도 하니 이 씨는 약간 쑥스
러운듯 주저하며 "저는 밥생각은 별로 없고 일식집이니 스시나
사시미 작은 거에 정종 하나 했으면 좋겠습니다."라고 조심스럽
게 말을 하였다. 준집이 메뉴를 보고 주문받으러 온 여종업원
에게 스시 중짜 한판에 사시미 중짜 한 접시와 대구탕을 시키
자 백 선생과 이 씨가 동시에 "왜 사장님은 사시미를 안 드십니
까?" 하고 물어 왔다. 그리고 두 사람은 서로를 한번 쳐다보며
무언가 불편한 듯한 자세를 취했는데 이를 눈치챈 준집이 웃는
얼굴을 하며 "신경 쓰지 마세요. 원래 편식이 심해서 가끔 곤란

할 때도 있어요." 하고 분위기를 잡아주었다. 식사와 주전자 술이 나오고 이 씨와 백 선생이 서로 잔을 주고받다가 백 선생이 준집에게 "양 사장님은 지금 연세가 몇이십니까?" 하고 물어왔다. 나이에 관한 갑작스러운 질문에 잠시 당황해하던 준집은 "올해 스물여섯입니다." 하며 실제 자신의 나이보다 일곱 살 올려 불렀다. 그리고 두꺼운 안경 덕분인지 몰라도 두 사람은 그 말을 그대로 믿어주었다. 준집도 거의 마지막 판에 그들이 강권하는 바람에 따끈한 정종 한잔을 받아 마셨으나 금방 얼굴이 빨개지며 혼수상태처럼 변하자 두 사람은 "아이고, 양 사장님 술이 정말 약하시고나. 권하지 말껄…" 하며 후회를 하였고 "괜찮아요. 걱정들 마세요." 하고 준집이 말했음에도 백 선생은 "자, 일어납시다. 그만 가시죠." 하며 이 씨에게도 일어날 것을 권했다.

김 양

　하숙방으로 돌아온 준집은 술을 마신 지 삼십 분이 지났건만 아직도 숨을 헐떡거리며 다다미방에 누워 "아이고 죽겠다."를 반복하다가 술이 좀 깨는 듯 싶을 때 낮에 보았던 부산전화국 주변의 모습과 이 씨 수첩에 적힌 전화상들의 현황을 되뇌며 골똘히 생각에 잠기기 시작했다. "나까마들 중에도 분명히 오야붕이 있을꺼야. 오야붕만 찾아내 물길을 트면 마바라들은 자연히 쫓아오게 돼 있으니 그자를 찾아내야 되는데 그걸 어떻게 찾아낸단 말인가? 전화상 대납은 이 씨에게 맡기면 되지만 서울에서처럼 밑에 애들이 야마시를 칠 수도 있고 아무튼 부산을 먹으려면 저 나까마들의 반은 우리 쪽으로 끌고 와야 되는데 뭐 좋은 방법이 좀 없을까?" 이 궁리 저 궁리하는 사이 준집은 저도 모르게 잠이 들었다.

　다음 날 아침 준집이 사무실로 출근하니 차 소장과 백 선생은 이미 출근해 있는데 이 씨의 모습은 보이지 않았고 오전 열시가 조금 지나자 이 씨가 앳돼 보이는 여학생과 사무실로 들어왔다. 그는 예히 공손한 자세로 "조금 늦었습니다."라고 인사를 한 후 함께 온 여학생에게 "사장님께 인사드려."라고 말을 하며 준집 쪽을 가리키자 그제야 여학생은 허리를 굽혀 "잘 부탁드립니더." 하며 인사를 하였다. 키도 꽤 커보이고 몸도 건강해 보이고 얼굴도 귀염성 있게 그만하면 예쁜 편에 속했다. "그래 이름이 뭔고?" 준집이 짐짓 나이 든 사람처럼 물으니 "김영숙이라 합니더." 하고 대답하며 미리 준비해온 이력서를 준집에게 내밀었다. 준집은 이력서를 한번 훑어보며 "주판은 잘 두나 보네. 그래 네시까지 근무할 수 있나?" 하고 물으니 "하모예 가능합니더." 하고 대답하는데 표정 하나하나가 꽤 밝은 편이었다. 준집은 "그럼 오늘부터 근무가 가능한가?" 하고 다시 물으니 그 여학생은 이 씨 얼굴을 한번 쳐다보았고 이 씨가 고개를 끄덕이자 "예 가능합니더." 하고 대답하였다. 준집은 그녀의 이력서가 들어 있는 봉투를 책상 서랍에 넣으며 "그럼 나머지는 이 씨가 좀 가르쳐 주세요. 난 광복동에 좀 나갔다 올께요." 하고 말한 후 옷걸이에 걸려있던 외투를 걸쳐 입고 외출을 하려 하자 이 씨와 여학생은 동시에 "다녀오십시오.", "다녀오이소."라고 말했다. 준집은 나가다 말고 뒤를 보며 "그럼 내가 뭐라고 불러야 되나? 미스 킴?" 하고 물으니 그녀는 "그냥 김 양이라 부르세

예." 하며 공손히 대답했다. 준집은 "김 양? 김 양?" 하며 두 번
을 되풀이한 후 사무실 밖으로 나갔다.

아버지와 함께 부산에 도착하던 날의 추위는 며칠 사이에 어
느덧 사라지고 광복동 길 위에는 따뜻한 햇살이 내리쪼이고 있
었다. 때는 1969년 삼월 중순이었다. "이제 겨울은 다 갔군. 괜
히 코트를 입고 나왔네." 혼잣말하며 광복동 안쪽으로 들어가
려는데 왼쪽으로 뉴욕제과라는 간판이 걸린 빵집이 준집의 눈
에 들어왔다. 마침 점심때가 가까웠던 시간이라 준집은 주저
없이 그 빵집으로 들어섰고 하얀색 옥스퍼드 천으로 커버를 씌
운 팔걸이가 없는 소파 의자에 걸터앉은 후 종업원이 주문을
받으러 오자 앙꼬빵 하나와 크림빵 하나 그리고 우유를 달라고
했는데 그러고 나서 옆을 보니 이상하게 생긴 빵을 맛있게 먹
는 사람이 보였다. 준집은 황급히 종업원을 다시 불러 "저건 무
슨 빵이에요?" 하고 물으니 종업원은 "사라다 빵입니더." 하고
퉁명스럽게 대답했다. 준집이 "앙꼬와 크림 취소하고 저걸로 줄
수 있어요?" 하고 물으니 종업원은 "마 그라시소." 하고 대답하
고 몇 분 안 걸려 사라다빵과 우유 한잔을 가져다 낮은 탁자 위
에 내려놓았다.

나까마 김도술

"내가 왜 저런 빵을 지금까지 몰랐지?" 난생처음 먹어본 빵의 달달한 맛 때문일까 아니면 이제는 어느 정도 익숙해진 부산 생활 때문일까 그것도 아니면 봄날처럼 변한 따뜻한 날씨 때문일까 오늘따라 광복동 거리를 걷는 준집의 마음에는 알 수 없는 여유가 생겼고 그래서 인지 부산전화국을 향해 걷는 동안에 길거리 업소들의 간판이 하나둘씩 보이기 시작했다. 향촌다방, 시대 와이셔츠, 부일 카메라 이제는 큰길로만 걷지 않고 기분이 내키는 대로 이 골목 저 골목을 뒤지며 광복동 안쪽으로 계속 들어갔다. 그러다 이쯤이면 부산전화국이 나오겠구나 싶어 큰길로 나오니 앞에 오층 건물이 하나 서 있고 정문 위에 미화당이라는 큰 글자가 쓰여 있는 게 보였다. "뭐지? 백화점 건물인가?" 하면서도 들어가 볼 생각은 않고 준집은 "이제 다 왔네." 혼잣말을 하면서 전화국 앞으로 걸어갔다. 전화국 골목 반대편에는 국제시장이라는 꽤 커 보이는 시장이 있었고 그 옆에 며칠 전 보았던 채권장사처럼 길거리 진열장 하나를 놓고 채권을 취급하는 채권장사들이 서 있는 모습이 보였다. 준집은 좀 더 가까이 다가가서 그중에 외모가 남달라 보이는 자에게 접근하였다. 그는 대충 차려입은 다른 채권장사들과 달리 비록 약간 촌스럽긴 했지만, 밤색의 홈스판 양복에 누런색 넥타이를 매고 있었다. 준집은 그의 진열장들 들여다보다가 그중 금장색 라이터를 가리키며 "이거 얼마예요?" 하고 물으니 그 사내는 그제야 "어서 오이소." 하며 진열장에서 그 라이터를 꺼내 준집에게 보여주며 "그기 던히룬데요. 좀 비싼 깁니더." 하였다. "어디 좀 봅시다." 하며 준집은 그로부터 라이터를 건네받아 불을 켜보며 "얼마까지 됩니까?" 하고 물으니 그는 "영국제입니더. 그마 만이천 원은 받아야 되는데 개시니께 만원만 주이소." 하였다. 그에게 접근한 목적이 따로 있었기에 준집은 여러 소리 않고 만원을 먼저 주고 거기에 천원을 더 얹어주며 "지금 저랑 말씀 좀 나눌 수 있습니까?" 하고 물으니 그는 "말씀하이소." 하였고 준집이 "여기서 말고 잠깐 다방에 가서…" 하며 조심스럽게 의사타진을 하니 "어데예? 그냥 여기서 말씀하이소." 하고 말을 하긴 했는데 이미 천원을 더 얹어 받은 상태라 그랬는지 대답이 퉁명스럽진 않았다. "오래 안 걸립니다. 잠깐이면 됩니다." 하고 준집이 재촉하니 "채권손님이 와가 안 되는데." 하다가 "그라입시더." 하며 준집을 따라나섰다. 그리고 옆의 다른 채권장사에게 "봐라, 용석아. 여기 잠깐 봐도." 하고 부탁하는 걸 잊지 않았다. 그와 함께 다방으로 간 준집은 커피 두 잔을 시키고 자립사 명함을 건네며 본인 소개를 한 후 그에게 접근한 목적을 소상히 말했다. "그니까 자립저축 때문에 부산에 오셨다 그 말이지예." 자신을 김도술이라 밝힌 그 사내는 약간 붉은기가 도는 얼굴에 투박한 외모와는 다르게 점점 준집과의 대화에 빠져들었다. "그기 박중길이 때문에 어려울 낀데…" 이미 다른 채권장사로 부터 들어본 이름이다. "그 사람이 그렇게 부자입니까?" 하고 준집이 물으니 "동일창고 주인 아닙니꺼. 우리들 중 아마 70프로는 그기로 갈끼라예." 하고 김도술이란 사내가 대답했다. "그러면 거기선 몇 프로에 해주나요?" 준집이 다시 물으니 "그거는 각자 비밀이라 말씀드릴 수가…" 하며 말꼬리를 흐렸다. 준집은 눈치껏 짐작으로 "83프로 되나요?" 하고 물었다. 그러자 그도 더 이상 감출 게 없다는 듯 "맞십니더. 그래 되지예." 하고 준집이 궁금했던 숫자를 털어놓았다. 순간 머리가 번개같이 돌아간 준집은 "좋습니다. 제가 다른 분들이 가져오시면 모두 85프로에 해드리고 김 사장님이 가져오시면 0.5프로 더 쳐드릴께요 대신에 이건 다른 분들에게는 절대 비밀입니다. 그리고 다른 분들께 많이 말씀해주세요. 서로 다 이득이니까요." 하며 준집은 자신이 가져갔던 명함 스무장을 모두 그에게 건네주었다. 다방을 나와 두 사람은 서로 굳게 악수를 하고 헤어졌는데 사무실로 돌아오는 내내 준집의 얼굴에는 회심의 미소가 떠나지 않았다. "아 정말 제대루 찍었네. 어떻게 그렇게 참 나도." 준집은 본인 자신의 직감에 스스로 감탄해 하며 광복동 입구에서 산 조그만 양담배 갑에서 담배 한 개비를 꺼내 김도술에게서 산 라이터로 불을 붙이며 "그런데 부산 사람들 이름은 왜 다 그렇지? 김판도, 김도술, 간판의 상호도 그렇고."라고 말할 때 그의 발걸음은 한일은행 부산지점을 지나 중앙동 길로 접어들고 있었다.

이래성 씨

준집이 부산에 내려온 지 어느덧 일주일이 지났다. 자신도 모르게 긴장하면서 보낸 지난 일주일간의 피로가 어느 정도 풀려서일까 오전 열 시가 돼서야 잠에서 깨어났다. 준집은 아래층으로 내려가 찬물에 세수를 하고 부엌 쪽을 기웃거리니 주인 여자가 "일나셨능교. 식사하이소." 하며 마루로 올라와 식사하라는 손짓을 하였다. "원래는 없는기라예 시간이 늦으마." 하면서 천으로 덮인 식사보를 걷어내고 밥과 된장국을 의자에 걸터앉은 준집 앞으로 가져왔다. 주발에 담긴 밥을 한 수저 입에 넣고 사기그릇에 담긴 된장국을 숟갈로 떠먹는데 안에서 아주 작은 조개 몇 개가 따라 올라왔다. "아주머니", "와이예?", "이게 뭡니까", "재치예.", "재치요?", "그기 재칫국 아입니꺼?" 준집은 그제야 지난주 여관 골목 앞에서 양동이 같은 걸 머리에 얹고 가며 소리치던 게 이거였구나 하고 알게 되었다. 그래서 더 이상 물어보지 않고 속으로 "세상에 별난 조개도 다 있네…" 하며 식사를 끝낸 후 본인 방으로 돌아와 편한 외출복으로 갈아입고 하숙집을 나섰다. 봄이 찾아오는 일요일 오후답게 날도 화창하고 바람도 솔솔 불어와 준집은 몹시 상쾌한 기분으로 대청동 육교를 건너 그간 백 선생을 통해 들었던 용두산 공원이 궁금해 지나가는 사람을 붙잡고 공원 올라가는 길을 물어 대청동에서 용두산 쪽으로 올라가 보았다. 길 중간중간에 노점상들 몇몇이 보였는데 어떤 이는 양담배와 캬라멜 등이 놓인 함석다라이 속에 물방개를 놓고 경품 장사를 하고 있었고 또 어떤이는 조그만 탁자 위에 물컵 세 개와 주사위 하나를 이리저리 움직이며 사람들을 모아놓고 야바위짓을 하고 있었다. 공원 정상이다 싶은 곳까지 올라가 보니 준집의 눈에 무슨 기념탑 같은 게 들어왔고 사무실에서 백 선생이 설명해준 대로 사람들이 많이 움직이는 쪽으로 가보니 눈 아래 갓 지은 부산호텔 건물과 그보다 약간 떨어져 생각보다 작게 보이는 영도다리 그리고 그 밑을 지나다니는 작은 배 몇 척이 보였다. 그런데 일행이 없어 그랬는지 곧바로 지루함을 느낀 준집은 공원을 대충 한 바퀴 둘러보고 아침부터 술에 취한 듯 시끄럽게 떠드는 어떤 한 무리 사람들의 뒤를 따라 남쪽 계단으로 내려갔다.

　계단이 끝나는 지점에서 동서로 나 있는 제법 큰길에 다다른 준집은 왼쪽으로 꺾어 내려갔는데 이제 겨우 삼월 중순인데도 아스팔트 위로 떨어지는 햇살은 완전 봄 날씨처럼 따듯했다. 오분쯤 걸어 내려가다 오른쪽 골목에 자신이 중, 고등학교 시절 사 년간을 살던 서울 창성동 집 비슷하게 생긴 한옥이 보여 호기심에 그 골목으로 들어가니 통인동 체부동 한옥동네처럼 고만고만한 한옥들이 다닥다닥 붙어있었다. 십 분 정도 더 걸었을까 준집이 그 골목을 빠져나가자 이번엔 서울의 자유시장 비슷하게 생긴 시장이 열려있는 게 보였다. 준집이 진입한 끄트머리 쪽은 주로 식품들을 취급하는 가게가 많았고 중간지점엔 옷가게와 이불가게 그리고 앞으로 나아가니 양키물건 장사치들이 씨레이션 박스 위에 보루 담배와 각종 통조림 그리고 서울에서는 보지 못했던 이런저런 미제 물건들을 진열해놓고 지나가는 사람들에게 "뭘 찾아예?" 하며 호객행위를 하고 있었다. 그때 문득 영도에 방을 얻었다는 이 씨가 생각났다. 준집은 한 가게에서 씨레이션 한 박스를 사 들고 국제시장 밖으로 나가 택시를 잡아탄 후 엊그제 이 씨를 따라갔던 길을 떠올리며 영도다리를 건너 그리 멀지 않은 삼거리에 있는 남성여관을 찾아갔다.

"계세요?" 하며 준집이 이 씨가 기거한다는 방문을 두드리니 그 시간까지 그는 외출을 하지 않고 방에 머물러 있었는지 일 분도 채 걸리지 않아 일본식 여닫이로 돼 있는 방문을 이 씨가 열어줬다. "아이고 사장님이 어떻게?" 준집은 그렇게 인사하는 그에게 가지고 온 씨레이션 박스를 건네고 바닥이 온돌로 된 방 한쪽 면에 기대앉아 방 전체를 둘러보았다. 방 자체는 자신의 방에 두 배 정도로 큰데 방 안에 있는 물건이라고는 작은 주전자와 컵 하나, 두루마리 화장지 하나가 올라가 있는 작은 앉은뱅이 상 하나와 이 씨가 서울에서부터 들고 내려온 작은 가방 하나가 전부였다. "대접할 게 하나도 없는데 이를 어쩌나…. 냉수라도." 하면서 아직도 엉거주춤한 자세로 서 있는 그에게 준집은 "괜찮아요, 이 선생님. 그냥 앉으세요."라고 말한 후 그제야 이 씨가 방바닥 맞은편에 앉자 준집이 말을 이어갔다. "저어 아버지가 이 선생님 한 달에 얼마 드린다고 하셨어요?" 하며 그의 월급을 물으니 이 씨는 잠시 머뭇거리다가 "회장님께서 한 달에 오만 원 주신다고." 하며 조심스럽게 말을 하였다. "오만 원이라 흠 여기 여관비는 하루에 얼마죠?", "장기투숙이라 일별은 아니고 아침 한 끼 포함해서 월 이만 원에…", "그렇군요. 그럼 김 양은 얼마쯤 주면 될까요?", "글쎄요 그건 사장님이…" 준집은 잠시 생각을 하다가 "월 이만 원이면 될까요?" 하고 물으니 "글쎄요. 이만오천 원은 주시는 게."라고 이 씨가 대답하였다. 두 사람 사이에 잠시 침묵이 흐른 후 준집이 입을 열었다. "좋습니다, 그러지요. 그리고 이 선생도 한 달에 육만 원 드릴께요. 활동비도 필요할 테니." 준집이 그렇게 말하자 잠시 전까지 심각한 표정을 짓고 있던 이 씨의 얼굴이 환하게 변했다. "감사합니다. 열심히 해보겠습니다." 했고 준집이 "이 선생님 지금 연세가 어떻게 되시나요?" 하고 묻자 그는 잠시 머뭇거리더니 "올해 쉰여덟입니다." 하였다. "그러실 거 같더라구요. 그럼 제 아버님보다 위시네요." 준집의 그 말에 그는 소리 없이 겸연쩍게 웃었다. "그럼 저는 이만 가볼께요." 하며 준집이 자리에서 일어나자 이 씨는 "왜 벌써…" 하면서도 말리지는 않았다. 준집이 "시내 구경 좀 하고 들어가게요." 하자 이 씨는 "그러시군요. 이거 대접한 게 하나도 없어 죄송합니다." 하며 여관문 앞까지 배웅하였다. "그럼 내일 뵙시다.", "네 사장님 조심해서 가세요." 하며 준집이 지나가는 택시를 잡아타고 뒷좌석에서 돌아볼 때까지 이 씨는 손을 계속 흔들고 있었다.

쓸쓸한 바닷가

남성여관 앞에서 택시에 오를 때 준집의 처음 생각은 곧바로 하숙집으로 돌아가는 것이었으나 택시가 영도다리를 지날 때 마음이 바뀌어 운전사에게 송도로 가보자고 말했다. 충무동을 지날 때는 서울에서는 오래전에 사라진 드럼통을 두들겨서 만들었다는 버스 여러 대가 보여 준집은 "시외버스터미널인가?" 하는 생각을 했고 그곳에서 조금 더 지나가니 왼쪽으로 시원한 바다를 가르는 듯한 방파제 하나가 보였다. "서울과 다르긴 많이 다르군." 하는 생각을 하고 있는데 "다왔심다. 손님." 하는 택시기사의 목소리가 들렸다. 기사는 송도 입구에 내려주었고 기사가 했던 말대로 조금 걸어 들어가니 아직은 초저녁인데도 울긋불긋한 백열등이 매달려 있는 식당인지 여관인지 모를 집들 몇 채가 서 있었다. 그 앞에 동그랗게 반원 모양으로 되어있는 바닷가가 보였다. 그런 바닷가를 끼고 시멘트로 만들어진 산책로를 천천히 걸으며 작은 목소리로 "파도 소리 들리는 쓸쓸한 바닷가에 나 홀로 외로이 추억을 더듬네~" 하며 그 당시 히트곡인 안다성의 「바닷가에서」라는 노래를 부르고 있는데 뒤에서 한 꼬마 아이가 쪼르르 달려와 준집에게 말을 걸었다. "아저씨 예." 갑작스러운 어린애 목소리에 준집이 고개를 비스듬히 돌려 내려다보니 그 아이가 "아저씨 빠구리 할랑교?" 하며 준집이 알아들을 수 없는 말을 하였다. "빠구리? 그게 뭔데?" 하고 준집이 다시 물으니 "빠구리 모르요? 그거 있잖소 빠구리 여자캉 하는 거." 하며 자신의 한 손가락을 동그랗게 만든 다른 손가락의 구멍에 넣으며 설명을 하였다. 그제야 비로소 눈치챈 준집은 "괜찮아 안 해도 돼." 하였으나 아이는 "여까지 왔는데 한번 하고 가소." 하며 준집의 양복 자락을 잡고 매달렸다. 준집은 그의 손을 뿌리치며 오던 길을 되돌아 송도유원지를 빠져나왔다. 궁금해 한번 가봤던 것인데 생각 외로 그곳의 분위기가 음침하고 두려움마저 느껴져 송도해수욕장을 탈출하듯 부랴부랴 빠져나온 것이다.

하숙방으로 돌아와 저녁을 먹고 난 후 방문을 열어놓고 이 생각 저 생각하고 있는데 누가 빼꼼히 안을 들여다보며 "실례합니다." 하여 준집이 누웠던 몸을 일으키니 며칠 전 아래층에서 보았던 사내였다. "네 들어오세요." 하며 준집은 가치다리를 하고 앉은 채로 그가 들어와 앉을 자리를 만들어주니 그는 그 자리에 앉으며 "아까는 어데 나가셨던 모양이데예." 하였다. "아 네, 일요일이라 용두산 공원에 갔다가 한 바퀴 돌고 왔습니다." 하고 준집이 대답하니 "저는 천수남이라꼬 합니다. 일본 영사관에 다니고요." 하며 준집에게 악수를 청해 왔다. 준집도 손을 내밀어 그와 악수를 하며 "저는 양준집이라고 합니다. 중앙동에 자립사라고 조그만 사무실을 가지고 있구요."라고 하니 그는 "자립사요? 그기가 뭐 하는 뎁니꺼?" 하고 물어왔다. 그래서 준집이 비교적 소상하게 자신이 하는 일을 설명하니 "그런 사업도 있습니꺼? 그라모 사장님이시네예. 돈벌이도 좋을끼고." 하고 말한 후 "술은 좋아 하십니꺼?" 하고 물어왔다. "아니요. 전혀 못합니다. 일전에도 할 수 없이 정종 한잔했는데 죽는 줄 알았습니다."라고 말을 하니 그는 얼굴에 역력히 실망하는 표정을 감추지 않았다. "연세는?" 하고 물어왔고 준집은 오늘도 며칠 전처럼 "스물여섯."이라고 하였다. 그제야 그의 표정이 조금 밝아지며 "저랑 한 살 차이 나네예. 저는 스물일곱입니더. 서로 친구로 하면 되겠네요." 하였다. 그러고 나서 고향은 어디냐, 취미는 뭐냐, 여자는 좋아하냐는 등 이것저것을 묻다가 준집의 반응이 신통치 않다고 생각됐는지 다시 또 보자는 말을 하고 자기 방으로 돌아갔다.

부모

　제을이 맏아들에게 부산 일을 맡겨놓고 서울로 돌아온 지 일
주일째 되는 일요일 저녁, 서울 종로구 누상동에 있는 제을의
집 안방에서 제을은 그의 아내 경패가 차려준 저녁을 마치고
큰아들이 과연 일을 잘 해내고 있는지 생활은 어떻게나 하고
있는지 궁금했다. 아내인 경패가 먼저 입을 열었다. "준집이한
테서 전화는 왔습네까?" 그러자 "아니 아직 아무 연락이 없어."
하고 제을이 말했고 "그럼 당신이 전화 한번 해보소 고레."라고
경패가 말하자 제을은 "그럴까?" 하며 앉은걸음으로 문갑에 보
관해두었던 부산의 대청동 하숙집 전화번호가 적힌 종이를 꺼
내 다이얼을 돌렸다. 먼저 전화국에 전화를 걸어 교환수가 받으
면 통화를 희망하는 상대방의 지역과 번호를 알려주고 그럼 교
환수가 그 번호로 전화를 걸어 상대방의 신호음이 울리면 발신
자와 연결해주는 시스템이었다. 수화기를 들고 있는 제을을 물
끄러미 바라보고 있던 경패가 "신호가 갑네까?" 하고 궁금해서

물으니 제을이 경패를 향해 히죽 웃으며 "가네." 하고 대답했다. 띠리릭 띠리릭 하는 소리가 나고 잠시 뒤 상대방이 전화를 받았다. "여보세요." 하숙집 주인이었다. "여기 서울입니다. 지난번에 아들이랑 내려갔던…" 제을이 거기까지 말하자 "아, 그 점잖으신 회장님예.", "우리 아들 지금 방에 있습니까?" 제을의 물음에 "쪼메 계시소." 하고 하숙집 주인은 전화기를 내려놓고 큰소리로 "보소 서울 총각 방에 있능교?" 하며 준집을 불렀고 천수남과의 대화를 마치고 우두커니 누워있던 준집이 그 소리에 "네." 하고 대답하니 "전화요. 서울입니데이." 하여 아래층으로 뛰어 내려와 전화를 받았다. "여보세요.", "그래 나다.", "네 아버지.", "어케나 돼가고 있네?", "네, 조사 좀 해봤는데요. 생각보다 할인율은 좋아요. 그런데 나까마들이 만만치 않네요. 전부 동일창고라구 거기로 간대요.", "그래?", "그래두 그사이 두세 사람하구 얘기해봤는데 그중에 두 사람은 우리 쪽으로 올 것 같애요.", "퍼센테지는 걱정 말구 서울엔 88프로루 해서 올려보내라우 그 나머지는 사무실 비용으로 쓰구." 두 사람이 거기까지 대화를 나누고 있는데 경패가 "나 좀 바꿔달라요." 하며 제을이 쥐고 있던 수화기를 뺏어 들었다. "나다.", "아 엄마.", "하숙집 밥은 입에 맞네?" 불과 일주일밖에 지나지 않았건만 갑자기 엄마의 목소리를 들은 준집의 눈에선 갑자기 눈물이 주르르 흘러내렸다. "네 괜찮아요.", "잠자리는?", "괜찮아요.", "빨래는 누가해

주네?", "하숙집에서 해줘요.", "그래 그럼 됐다 네 아바지 다시 바꿔줄라.", "여보세요.", "웅 그래 거저 서두루지 말구 늙은 중 먹 갈듯이 천천히 하라우. 이 씨는 잘 돕구 있지?", "예.", "그럼 됐어. 이만 끊갔다.", "네, 아버지 안녕히 계세요." 그렇게 서울 부모님과의 통화를 마치고 2층으로 올라가는데 준집의 눈에서는 눈물이 계속 흘러내렸다.

준집의 부모는 두 사람 다 평양에 살다가 김일성이 러시아 군인들과 평양으로 들어와 시민들의 재산을 몰수하고 온갖 행패를 부리자 눈치 빠른 제을이 평양의 집을 포기한 채 약간의 재물과 아내 그리고 딸 셋을 데리고 해방 이듬해인 1946년 여름에 야밤을 틈타 남한으로 내려왔다. 남한에 내려와서는 처음엔 왕십리에서 손아래 동서와 석탄 장사를 하였으나 동서와의 의견 충돌로 다른 장사를 하다가 사촌 형님이 하는 돈놀이를 도우며 재산을 좀 모았었다. 그러다 한국곡산이라는 이름으로 한국농산물을 일본에 수출하는 무역회사를 했다가 손해를 보고는 무역회사를 접고 광산업에 손댔다가 파산지경에까지 이른 후 어느 날 창성동 한옥을 정리하고 옥인동의 월세방에서 책상을 정리하다 서랍 속에 넣어져 있었던 국채 몇 장을 발견하고 그것들을 팔러 갔다가 그 일을 계기로 오늘날에 자립저축 대납업을 하게 된 것이다. 그의 아내 김경패는 평양의 대부호집 큰딸이었지만 타고난 근시로 당시 의사가 "눈이 너무 나빠 공부를 하면 장님이 될지도 모른다." 하여 국민학교만 졸업했는데 키는 158㎝로 작았지만, 얼굴은 단아했고 머리도 좋고 야무진 성격의 소유자였다.

순풍에 돛

준집이 사무실에 도착한 시간은 오전 아홉 시 정각, 삐걱대는 나무계단을 밟고 사무실 안으로 들어서니 백 선생은 책상 앞에 앉아있고 이 씨와 김 양은 사장을 반기면서도 안절부절못하고 있었다. 준집이 본인의 회전의자에 앉으며 "아니 왜들 그렇게 안절부절입니까?" 하고 물으니 김 양이 "쫌 전에 김도술이라는 분한테 전화가 왔는데요. 어디로가면 되냐고 하데예?" 그러자 이 씨도 "김판도라는 분도 대납할 게 있다고 하며 좀 전에 전화가 왔습니다." 하였다. 준집은 귀가 번쩍 뜨이며 서랍에 넣어둔 명함들을 꺼내 차례대로 전화를하였다. "여보세요", "여기 자립산데요.", "우찌된기요?", "아 제가 조금 늦게 나왔습니다.", "아, 네. 서울은행 부산지점으로 오시면 됩니다. 제가 지금 달려 갈게요." 그렇게 두 통의 전화를 마치고 "김 양, 나 따라와." 하며 사무실을 뛰다시피 하며 나가 택시를 잡아타고 "남포동이요." 하고 말한 뒤 서울은행 앞에서 내려 부산지점으로 뛰어 들어가니 두 사람의 채권장사들이 준집을 기다리고 있었다. "용도는?", "건축허가.", "제출처는?", "부산진 등기소.", "금액은?", "이십만 원." 그런 식으로 두 사람이 가져온 내용들을 신청서에 적은후 창구에 접수시킨 후 필증이 나오자 두 사람은 잽싸게 그것들을 들고 은행 문을 나갔고 그때까지 영문도 모르고 준집의 행동만 지켜보던 김 양에게 그제야 한숨을 내쉬며 준집은 차근 차근히 설명해줬다. "앞으로 사무실에 나와서 전화를 받으면 아까 나처럼 금액과 용도와 제출처를 받아적고 이 씨를 주면 이 씨가 여기 와서 필증을 받아 나까마들에게 갖다줄 꺼야. 때로는 오늘처럼 은행으로 직접 오는 사람들도 있는데 그럴 땐 김 양이나 내가 와서 필증을 떼어주면 돼 알겠지?" 하였더니 김 양은 그제야 어렴풋이나마 일의 처리 과정을 이해하겠다는 듯 고개를 끄덕이며 "알겠어예."라고 대답했다.

일단 김도술, 김판도 두 사람과 첫 거래를 마치고 기분이 좋아진 준집은 은행으로 올 때와는 달리 걸어서 김 양과 함께 사무실로 돌아갔는데 이 씨가 주문내역을 써 들고 두 사람을 기다리고 있었다. 준집이 "어디서 온 겁니까?" 하고 물으니 이 씨는 "아까 그…" 하며 준집에게 메모지를 보여주었다. "이번엔 이 선생이 김 양하고 다녀오세요."라고 준집이 말했고 두 사람은 준집에게 "다녀오겠습니다."라고 말한 후 사무실을 나갔다.

그리고 잠시 뒤에 한 남자가 쭈뼛거리며 사무실로 들어왔다. "여게가 자립산교?" 준집이 자리에서 일어나며 "네 어떻게 오셨나요?" 하고 물으니 "여기서 전화 공채도 대납해줍니꺼?" 하였다. 그의 그 말에 준집은 "물론입니다. 몇 개 하시려구요?" 하고 물으니 "오늘은 세 개만 해볼려카는데요." 하여 준집은 "네, 따라오시죠." 하며 그와 함께 광복동 부산우체국으로 걸어갔다. 가는 도중 자연스럽게 그와 대화를 나누게 됐는데 그는 초량전화사 직원이었으며 지난주 이 씨가 뿌리고 다닌 자립사 명함 덕분이란 걸 알게 되었다. 전화 공채는 자립저축과 달리 무조건 한 장에 오천 원씩으로 되어있는데 집집마다 전화기를 놓으려면 우체국에 가서 가입해야 하는 강제성 예금이었다. 그에게 필증을 만들어주고 수수료를 받아 사무실로 돌아오니 이 씨와 김 양도 일을 마치고 돌아와 있었다.

김 양을 사무실에 남겨놓고 준집과 이 씨는 옆 건물에 있는 중국집에 가서 울면 한 그릇씩 시켜 먹으며 일종의 작전 회의를 시작했다. "서울에서는 안전사에서 주문을 받으면 바로 옆 제일은행 중앙지점에 가서 필증을 받고 각 나까마 사무실에서 온 아이들에게 넘겨주면 그만이었는데 여기서는 은행도 그렇고 우체국도 멀어 매번 왔다 갔다 하기가 불편하다. 그러니 뭔가 그 시간을 줄일 수 있는 아이디어가 필요하다. 그리고 이 씨가 돌린 명함작전이 효과가 있는 듯하다 오후에 초량전화사에서 다녀갔다. 그래서 얘긴데 당분간 명함작전도 계속해보자." 대충 그런 내용이었다. 점심을 마치고 사무실로 돌아오니 잠시동안 조용하다가 오후 두 시가 넘으니 두 대의 전화통에 불이 나기 시작했다. "예 어디요? 명신사요?", "누구예? 권병일 씨예? 예 알겠심더." 이 씨와 김 양이 각각 전화기를 들고 밀려오는 주문 전화에 응답하기 바빴다. 준집은 명령을 내렸다. "전화는 여기서 내가 받을 테니까 김 양은 서울은행으로 가고 이 씨는 우체국으로 가세요." 그렇게 두 사람을 내보내고 준집이 백 선생을 쳐다보며 말했다. "소문이 빠르긴 빠르네요. 우리가 동일보다 2리를 더 쳐준다고 했더니 금방 몰려드네요."라고 하자 백 선생이 "당연하지요. 돈에도 눈이 달렸거든요. 여기서 더 쳐준다는데 지들이 어딜 가겠어요." 하며 맞장구를 쳐줬다. 준집은 책상에 앉아서 전화가 오는 대로 자립저축은 은행으로 전화 공채는 우체국으로 가라고 지시만 해주면 되었다.

그날 저녁 준집은 다른 날과 달리 곧바로 하숙집으로 가고 싶지 않았다. 부산에 와서 처음으로 자신이 개척한 채권장사들과 첫 거래를 성사시킨 기쁨도 컸고 괜히 일찍 들어가 봐야 말동무도 없기 때문이었다. "그래, 오늘은 영도다리라는 데나 가보자." 그는 일부러 부산시청이 있는 대로변 쪽을 택해 걸었다.

영도다리 밑으로 해서 부둣가의 이 풍경 저 풍경들을 감상하며 천천히 걷고 있는데 오른쪽에 늘어선 가게들 중 한 곳에서 "아나고 들고 가이소." 하는 소리가 들렸다. 준집이 고개를 돌리니 배를 가른 뱀장어들이 가판대 위에 그득히 쌓여있는 게 보였다. 준집은 속으로 "으~ 징그러워 저걸 어떻게 먹나?" 하고 생각하고 있는데 그 속을 모르는 아주머니들은 계속 아나고를 먹고 가라고 성화였다. 바다 비린내도 많이 나고 그들의 등쌀에 마음을 고쳐먹은 준집은 오른쪽 골목으로 나와 광복동 쪽으로 길을 건넜다. 자신이 거래하는 서울은행이 보이고 그 옆에 서울 깍두기도 보였다. 그러자 준집의 입에서 "아 아." 하고 자연스럽게 안도의 한숨이 새어 나왔다. 브라운 제화 골목 안으로 계속 걸어가니 조그만 양품점과 양장점 다방 등이 있었고 그 골목을 빠져나가니 그 앞에 함흥냉면집과 18번 완탕집이라는 간판이 보였다. 허기가 느껴져 무얼 먹을까 고민을 하다 완탕을 선택했는데 만두를 씹고는 후회를 했다. 자신이 안 먹는 새우가 들어있었기 때문이었다. 그 집을 나와 맞은편을 바라보니 건물 상단에 부영극장이라고 쓰여 있는 커다란 건물이 있었고 벽면에 푸른사과라고 적은 극장간판이 준집이 좋아하는 조영남의 얼굴이 다른 남녀 배우와 함께 걸려 있었다. 준집은 조영남을 좋아했다. 그가 고등학교 일 학년 때 라디오에서 흘러나오던 조영남의 「딜라일라」는 윤복희의 「웃는 얼굴 다정해도」와 함께 준집이 가장 좋아했던 노래였기 때문이다. 상영 시간을 체크하고 표를 끊어 그 영화를 보고 나왔는데 걸어서 하숙집에 도착할 때까지 그 영화에서 나왔던 노래가 준집의 입에서 계속 흘러나왔다.

"흘러가는 저 구름도 흐르다 서로 또 만나는데 만나야 할 내 사랑은 어디서 날 기다리고 있나, 날아가는 저 제비는 라라라라라 라라라라 라라라~"

오토바이

그날 이후로 자립사와 거래를 트기 시작한 나까마들과 전화
상들의 숫자는 하루가 다르게 늘어만 갔다. 처음 한 달간은 증
가 속도가 그다지 빠르지 않았는데 두 달이 지나고 석 달이 넘
자 자립사에 대납을 의뢰하는 그들의 숫자는 이십여 곳에 다다
를 정도였다. 그 이유는 다음 공식이 설명해준다.

그동안 자립사가 부산에 내려와 문을 열기 전 동일창고에서
는 채권장사 각 개인이 대납을 요구하는 고객이 찾아오면 대략
20%의 수수료를 받고 자신들의 돈 80%를 들여 자립저축을 사
들인 다음 그걸 다시 동일창고에 가져가 83%에 팔아 중간이득
을 챙겼는데 그에 반해 자립사는 이미 서울에서 유행하는 방식
으로 15%의 수수료만 내면 그들의 자본을 전혀 안 들이고 필
증을 가져갈 수 있는 그리고 은행이나 우체국도 채권장사들과
전화상들이 밀집한 광복동에 있는 지점들을 지정해주면서 요

즘 말로 원스탑 서비스가 가능한 시스템을 갖추었기 때문이었다. 거기다 더 중요한 것은 자립저축의 경우 연 12%가 보장되는 강제성 저축이었는데 예를 들어 십만 원짜리 필증이 필요할 경우 공제하는 15%의 사금리를 공금리인 12%와 합해 투자금인 팔만오천 원으로 나누면 연 32%에 가까운 금리가 나왔다. 물론 그러한 이익이 모두 전주에게로 가는 것은 아니고 자립사의 경우 현지 운영비로 3%를 떼고 매입가를 액면가의 88%로 계산해 서울 본사 격인 안전사로 보내면 준집의 부친 양제을이 다시 2%를 공제한 다음 전주에게는 90%에 매입을 한 걸로 계산해서 전달되는데 그래도 공금리인 연 12%보다 두 배가 넘는 24.4%의 이자가 산출되기에 돈이 넘쳐나는 전주들 입장에서는 이보다 더 안전하고 좋은 재산증식의 방법이 있을 수 없었다.

그해(1969년) 삼사월이 지나고 오월로 접어들 무렵 준집은 대청동의 하숙집 밥상머리 친구인 천수남을 따라 초량동 부산 중고등학교 근처의 고급 하숙집으로 숙소를 옮겼다. 넓은 마당에 양옥으로 되어있는 그집에 준집의 방은 저멀리 바다가 보일 듯말 듯한 2층의 큰방이었고 수남은 같은 골목 끝에 있는 재훈네라고 하는 양옥집을 선택했다. 집주인은 보일러 사업을 한다고하였는데 준집은 그를 한 번도 보지 못했고 영화배우 복혜숙을닮은 주인 여자는 무척 활달한 편으로 준집이 퇴근하고 돌아와 저녁을 먹고 나면 종종 아래층에서 음악 소리가 들리고 준집이 복도로 나와 아래층을 내려다보면 몇몇 남녀가 어울려 지루박 차차차 등의 사교춤을 추며 노는 모습이 보였다.

그제야 침대와 옷장 말고는 아무것도 없는 자신의 방을 발견한 준집은 그 무렵 어느 토요일 오후 광복동의 한 전파사에 들려 주인의 권유로 샤프전자의 일체형 오디오 세트를 샀다. 그리고 내친김에 준집은 레이 찰스, 냇 킹 콜, 브랜다 리 등의 노래가 들어 있는 LP판 몇 장을 사서 하숙집으로 돌아왔다.

오디오 세트를 설치한 후 테스트를 겸해 음악을 듣고 있는데 노크 소리가 나서 문을 여니 며칠 전 봄 방학을 맞이해 잠깐 내려왔다는 주인집 딸 미경이었다. "음악을 좋아하시나 봐요."

그 당시 한국영화계의 유일한 섹스 심벌로 알려진 도금봉처럼 커다란 눈과 통통한 얼굴 그리고 단발머리에 소데나시 차림의 그녀가 방안으로 들어오자 준집은 적지 않게 당황스러웠다. "네, 저는 가요보다 팝송을 좋아해서요.", "아 그래요? 누구누구 좋아하세요?" 그녀의 물음에 준집은 자신이 그날 사온 음반들을 보여주었다. 그러자 앨범들을 한번 슬쩍 훑어보더니 그녀는 얼굴에 실망하는 빛을 감추지 않고 "아 난 또…." 하는 말을 남기고 금세 준집의 방에서 나가버렸다.

다음날 아래층 식당에서 식사하며 가정부에게 주인집 딸에 대해 몇 가지 물으니 서울의 경희대를 다니고 있는데 선을 보러 잠깐 내려온 것이라 하였다. 그 일로 인해 알 수 없는 허탈감을 맛본 준집은 그로부터 며칠 후 퇴근길에 한 오토바이 가게에 들러 50cc 오토바이를 한 대 샀다. 그리고 그것을 본인의 출퇴근용으로 이용하기 시작했다. 그 오토바이로 하는 출퇴근이 익숙해진 어느 날 그날도 다른 날처럼 오토바이 뒤에 서류 가방을 검은색 고무밴드로 묶고 초량시장 앞길과 부산역 대로를 지나 사무실에 도착했는데 오토바이에서 내려 뒤를 보니 고무줄이 풀려있고 서류 가방이 보이지 않았다. 순간 다리에 힘이 풀리고 눈앞이 노랬으나 어찌하든 그것을 찾지 않으면 안 되었기에 오토바이를 타고 왔던 길로 다시 돌아가 눈이 빠져라 땅바닥을 쳐다보며 두 번씩 왕복 운행을 하였건만 서류 가방은 끝내 나타나지 않았고 준집은 넋이 나간 사람처럼 되어 사무실로 들어갔다. 왜냐하면 그 속엔 지난 이주간 거래한 이천만 원에 가까운 각종 유가증권과 거래통장이 들어있었고 그 주에 동방통상의 무역서류와 함께 서울로 발송 예정이었기 때문이었다. 준집이 떨리는 가슴을 움켜쥐고 사무실 안으로 들어서니 김 양이 "사장님 검은색 서류 가방 잃어버렸능교?" 하는 게 아닌가. 준집은 깜짝 놀라며 "응 어떻게 알아 김 양이?", "쪼메 전에 전화가 왔어예. 어떤 운수회산데 사장님 가방 같다꼬." 순간 준집은 귀가 번쩍 뜨이며 "그래서? 전화번호 받았어?" 하고 물었더니 "예." 하면서 연락처가 적힌 메모지를 건네었다. 저녁에 그들이 알려준 주소로 찾아가니 택시 운전사 같은 남자 둘이 기다리고 있다가 "중요한 서류 같아서 가방 안의 명함을 보고 전화했다."라고 하였다. 십 년 아니 삼십 년은 족히 감수한 것 같은 기분으로 사례비를 얼마 주면 되겠냐고 그들에게 물으니 오십만 원을 달라고 하여 두말없이 오십만 원을 그들에게 건네주고 서류 가방을 찾아 돌아왔다. 준집은 "내가 두 번 다시 저기다 가방을 놓나 봐라" 하며 오토바이 뒷좌석을 노려보며 이빨을 부득부득 갈았다. 그다음부터 준집은 동네에 바람 쐬러 한 바퀴 돌 때만 오토바이를 사용하였고 출퇴근은 다시 택시를 이용하였다.

동일창고

부산전화국 건너편에서 채권장사를 하는 최성복은 하루아침에 김도술이 동료 나까마들에게 자립사 명함을 돌리며 상당수의 업자를 자립사로 몰고 가자 "그놈의 배신자 시키 손 좀 봐줘야 할낀데." 하며 오랫동안 거래 관계를 유지하고 있는 동일창고 사무실 문을 열고 들어갔다. 흰머리가 듬성듬성 나 있고 깡마른 체격의 동일창고 사장 박중길은 문을 열고 들어오는 최성복을 보며 "그래, 좀 알아 봤습매?" 하고 물었다.

박중길의 책상 앞에 있는 작은 의자를 끌고 와 마주 앉은 최성복은 "네, 알아보긴 했는데예…" 하며 약간 머뭇거렸다. 그러자 함경도 함흥 사람인 박중길은 답답하다는 듯 "어찌 그러는가? 뜸 들이지 말고 그냥 말해보기요. 괜않소." 하였다. 그러자 최성복은 "자립사는 양 씨라는 글마꺼가 맞는데예. 그기에 실제 주인은 동방통상이라 카데예." 그러자 박중길이 놀라는 표정을 지으며 "앙이 지금 뭐라 했습둥? 동방이 물주란 말임매?"

거기까지 말하고 최성복이 가져온 물건(유가증권)들의 정산을 경리직원에게 맡긴 박중길은 회전의자를 뒤로 돌리고 앉은 상 태로 "우쩔까예? 애들을 풀어볼까예?" 하고 묻는 최성복의 질 문에 "알았음메 그만 가보기요." 하고 대답하고 의자에서 일어 나 창고가 있는 문 쪽으로 나갔다.

동방통상과 동일창고는 거래 관계에 있었다. 동방이 수입하는 모든 품목은 서울로 올라가기 전 최소 보름에서 석 달까지 동일 창고에 보관해주고 있기에 박중길에게는 매우 큰 거래처 중의 하 나였다. 그리고 그가 사채업을 부업으로 택한 것도 실은 이규한 회장을 통해 알게 된 정보 덕분이었다. 왜냐하면 다른 거래처에 비해 대금 결제가 모두 현금으로 이루어지고 날짜도 연체하는 법 이 없어 하루는 이 회장이 부산에 왔다가 동일창고를 방문했을 때 박중길이 물어보았다. "회장니무는 어찌 그리 재산을 모으셨 음메?" 그러자 이 회장이 웃으며 "글쎄요. 나는 여분 돈이 좀 생 길 때마다 채권을 사 모으지요." 하고 대답하였다. 최성복이 다녀 간 며칠 후 박중길은 금고에서 오십만 원짜리 자립저축 한 장을 꺼내 자신 회사의 상무에게 그 예금증서를 건네주며 "상무가 가 서리 한번 알아보기요." 하고 지시를 했다.

한편 점심을 먹고 돌어와 자립사 사무실에 우두커니 앉아있던 준집은 양복을 잘차려 입고 인물이 번듯한 한 중년 신사를 손님으로 받는다. "어서 오시죠. 어떻게 오셨나요?" 낯선 손님을 반갑게 맞이한 준집에게 자립사 문을 조심스럽게 열고 들어온 그는 점잖은 목소리로 "여기서 이런 것도 매입하신다고 하여서…." 하며 양복 안에서 오십만 원짜리 예금증서를 준집의 책상 위에 내려놓았다. 그것을 집어 든 준집은 그 증서를 자세히 살펴보았다. 그것은 조흥은행 덕수지점에서 발행한 자립저축 예금증서였다. 준집이 고개를 갸웃거리며 "서울 꺼네요. 이건 추심을 해봐야 하는데. 그러려면 증서를 저희한테 맡기시고 사흘 뒤에 오셔야 합니다."라고 말하자 그는 "그건 좀 곤란한데…." 하며 자신의 주머니에서 명함 한 장을 꺼내 준집에게 건네었다. 수영구 민락동 제일수산 대표 민상태라고 인쇄된 명함이었다. "저희가 장어를 납품하고 받은 겁니다. 틀림없는 물건입니다." 하는 말을 덧붙였다. 사무용 책상에 두 팔을 고이고 증서를 살피던 준집이 얼굴을 들어 민상태란 사람을 쳐다보니 그는 사뭇 점잖아 뵈는 미소를 띠며 "믿으셔도 됩니다."라고 말했다. 그 말에 준집이 얼마나 받으시려구요?" 하고 묻자 "그거야 사장님이…." 하고 말꼬리를 흐리며 시세대로 쳐달라고 했다. 이에 준집이 "매입은 82프로밖에 안 됩니다." 하니 그가 그래도 좋다고 하여 준집은 남은 개월 수를 계산하여 그에 맞는 선이자를 공제하고 그에게 잔금을 내줬다. 그리고 사 개월 후 준집은

서울의 아버지로부터 한 통의 전화를 받는다. 그 예금증서는
분실신고가 들어온 것이라고.

몰아주기

준집이 회사에서 퇴근하려는데 준집 책상 위의 전화벨이 울렸다. "여보세요.", "안녕하십니까. 서울은행의 김 대리입니다.", "아 김 대리님 안녕하세요. 어쩐 일로.", "오늘 저녁에 안 바쁘시면 저희 은행으로 좀 와주시죠.", "오늘 저녁이요?", "네 선약이 있으신가요?", "아니 그건 아닌데…. 지금 은행에 가면 닫혀있지 않나요?", "오른쪽으로 돌아오시면 통용문이 있습니다. 오셔서 문을 두드리시면 됩니다.", "네 알겠습니다. 이십 분 안으로 가겠습니다." 준집이 부산지점으로 걸어가 통용문을 두드리니 김 대리가 문을 열어주며 "잠깐 들어오시죠."라고 말했다. 직원들 모두가 퇴근한 은행 안은 낮 동안의 업무시간과 달리 무척 조용했다. 김 대리가 안쪽의 큰 사무 책상에 앉아있던 남자에게 "오셨습니다."라고 말하니 푹신한 회전의자에 앉아 무엇인가를 하고 있던 남자가 몸을 돌려 일어나며 "어서 오십시요. 차장 박대윤입니다." 하며 정중한 인사와 함께 그의 명함을 내밀었다. 그것을 받아든 준집도 지갑에서 자신의 명함을 꺼내 그에게 건네며 "처음 뵙겠습니다."라고 고개 숙여 인사를 하였다. 몸이 가늘고 키가 큰 김 대리와 달리 크지 않은 몸에 다소 뚱뚱한 그는 그동안 준집이 업무차 부산지점을 몇 번 방문했을 때도 거만한 자세로 뒤쪽에 있는 자신이 자리에 앉아 준집에게 눈길을 한 번도 주지 않은 사내였다. 그런데 오늘은 그가 먼저 허리를 굽히며 정중하게 "나가시죠." 하는 말과 함께 앞을 선도하며 은행 문을 나섰고 김 대리 역시 공손한 자세로 준집을 보호하듯 하며 뒤따라 은행 문을 나왔다.

그들은 은행에서 얼마 떨어지지 않은 곳에 있는 한 2층 술집으로 준집을 안내했고 카펫이 깔린 계단을 지나 그들을 따라 그곳으로 들어가니 짧은 치마에 화장을 짙게 한 여자 둘이 준집 일행을 반겨주었다. 그중 한 명이 "너무 오래간만에 오셨어요. 차장님." 하며 자리를 안내하니 박 차장이라는 사람은 손바닥으로 준집을 가리키며 "오늘 이분 잘 모셔야돼. 우리은행 브이아이피셔."라고 했다. 육 인석 테이블에 앉으니 두 가지 안주와 양주 한 병과 얼음이 나왔는데 그때부터 준집의 가슴이 두근대기 시작했다. "큰일 났네 이걸 어찌해야 하나 난 술을 못 마신다고 얘기해야 하나 말아야 하나." 그러는 사이 차장의 지시로 준집 앞에 놓인 술잔에 준집 옆에 앉아있던 여자가 술을 따르기 시작했다. 잔마다 술이 차자 박 차장이 건배를 제안했고 얼떨결에 술잔을 같이 든 준집은 그들의 흉내를 내며 스트레이트 잔을 입술에 갖다 댔다. 준집의 코에 독한 술향기가 올라왔다. 아무래도 안 되겠다 싶었던 준집은 용기를 내어 오른쪽 자리에 혼자 앉아있던 김 대리에게 작은 목소리로 이렇게 말했다. "김 대리, 나 술 전혀 못 마셔요." 그러자 김 대리가 크게 당황을 하며 "아이고 진작 말씀하시지 그러면 식당으로 모셨을 텐데" 하였다. 그런 일이 은행 사람들과 있은 후 얼마 되지 않아 우체국 사람들과도 비슷한 일이 발생했는데 일식집인 줄 알고 "아 나는 탕 종류로 먹으면 되겠다." 하며 아무 말 않고 우체국장을 따라 들어간 집이 이번에는 다다미가 깔린 요정이었다. 그 당시 정부에서는 예금기관마다 장기저축을 유치해 올 것을 적극적으로 강요했고 은행 지점장이나 우체국장들은 너도 나도 적금과 정기예금을 끌어들이기 위해 안간힘을 쓰던 시절이었다. 그런데 준집이 은행과 우체국 두 곳 모두에 예치 기간 일 년짜리의 정기예금을 매일 와서 들어주니 그들은 앉은자리에서 복이 넝쿨째로 굴러떨어진 기분들 아니었겠는가. 왜냐하면 지점마다 예금고에 따라 자신들의 실적이 윗선에 보고되고 다시 그것은 그들의 승진과도 직접적으로 연결되는 일이었기 때문이다. 그 당시 사채업계에서는 그것을 "한 은행 몰아주기"로 불렀다.

천수남과 다나카상

아침 일찍부터 건너편 하숙집의 천수남이 준집을 찾아왔다. "오늘 뭐 할깁니꺼?", "글쎄 아무 계획 없는데요. 왜요?", "내하고 마산 갈랑교?", "마산이요? 왜요?", "거기가 제 고향 아닙니꺼.", "아 그래요? 그럼 그럴까…." 천수남이 다시 자기 집으로 옷 갈 아입으러 간 사이 준집도 외출준비를 마치고 양옥으로 되어있는 하숙집 문 앞에 나가 서 있으니 오 분도 안 되어 수남이 노란색 바탕에 하얀색의 가는 줄무늬가 있는 티셔츠를 입고 나타 났다. "내가 반 낼 테니까네 택시로 가입시더." 언제부턴가 수남은 준집의 주머니에 현금이 많다는 걸 알아채고 본인이 어딘가에 가서 놀고 싶으면 준집을 자주 불러냈다. "그러지요. 뭐." 그리하여 오월 중순 어느 일요일 준집과 수남은 택시를 타고 마산에 도착했다. 수남이 자신의 고향 집이라며 준집을 데려간 집은 그리 크지도 않고 작지도 않은 개량한옥이었다. 그리고 집안 안에는 그의 부모는 없었고 여동생 혼자 집을 지키고 있었다. 그들이 잠시 마루에 머무르고 앉아있는데 수남의 연락을 받은 고향 친구가 그곳으로 왔다. 수남의 고교 동창이라 하였다. "어데부터 갈까?" "글씨다. 양 사장님이 서울분이니까네 오동도가 안 좋겠나?", "하모. 그래 글로 가자." 그렇게 하여 세 사람은 오동도 유원지로 향했다. 오월 중순 유원지의 햇살은 꽤나 따가운 편이었다. 준집은 양복 웃통을 벗어 어깨에 걸치고 오동도에 대하여 나름 친절하게 설명해주는 천수남을 따라 바닷가와 유원지 사이에 나 있는 버드나무 길을 걸었다. "그렇께네 이기 보이기는 호수 같아도 저어 쪽 끝이 터져있는기라요." 준집이 그가 손가락으로 가리키는 방향으로 눈을 돌리니 정말 수평선이 보였다. "그렇네요." 그렇게 대충 짧게 그곳의 관광을 마친 그들은 수남이 고른 노천카페에 앉아 수남과 정섭은 맥주를 마시며 남자들끼리 수다를 떨었고 준집은 그런 그들의 모습을 지켜보기도 하고 그러다 심심하면 그 주위를 빙빙 돌다 제자리로 돌아오기도 하며 시간을 흘려보냈다. 어느 정도 취기가 오른 그 둘 중 정섭이란 이름의 수남 친구가 준집을 빤히 쳐다보더니 수남에게 물었다. "이분 일본 사람이가?", "아니 와?", "생긴 게 일본 사람 맨꼬로 생겼네." 그러자 수남이 "양 사장님 일본말 할 줄 아요?" 하고 준집에게 물었다. "아뇨." 준집은 간단히 대답했다. 그러자 정섭이 수남의 귀에 대고 뭐라고 속삭였는데 그 말을 들은 수남이 한참을 큭큭대며 웃다가 준집에게 이런 제안을 했다. 그 얘기의 요점은 이랬다. "이제 곧 유람선을 탈 텐데 자신이 아주 간단하게 일본인처럼 행세하는 법을 가르쳐 줄 테니 양 사장은 자신이 일본말로 뭐라 뭐라 하면 양 사장은 하이 소오데스만 하면 되고 가끔 이이에 또는 뭔가 물어보는 것처럼 아무 소리나 지껄이다가 맨 끝에 데스까만 붙이면 된다."는 것이었다. 그들보다 나이가 어렸던 준집은 별생각 없이 그들 말에 동의하였고 잠시 뒤 그들과 함께 유람선에 올라탔다.

배가 출발하자 갑판 중간쯤에 서 있던 천수남이 말을 시작했다. 쿄와 덴끼가 돗데모 이이데스네(오늘 날씨가 참 좋지요)." 일본말을 전혀 모르는 준집은 눈치껏 대답했다. "하이.", "아소꼬노 게시키가 스고이쟈 나이데스까(저쪽 경치가 좋지 않나요)?", "하이 소오데스." 그러자 그들 주변에 있던 사람들이 그 둘을 신기한 눈으로 쳐다보기 시작했다. "센세와 마상구가 하지메테 데스까(선생은 마산이 처음이신가요)?", "이이에(아니요)." 하는 준집의 대답에 그가 마산에 처음 와봤다는 것을 이미 알고 있던 수남은 잠시 혼자 킥킥대며 웃다가 그래도 계속해서 일본말을 이어 나갔다. 그럴 수밖에 없는 것이 그때는 이미 주변 사람들이 웅성대며 "저 사람 일본 사람인가 봐." 하며 준집이 일본 사람으로 굳게 믿고 있는 상황으로 발전되었기 때문이었다.

삼십 분간의 항해를 마친 배는 다시 선착장으로 돌아왔고 유람선에서 내린 그들이 이번에 향한 곳은 오동동이었다. 그사이 오월의 해는 어느덧 저물었고 마산의 번화가 오동동 거리에도 밤이 찾아왔다. 마산의 한복판이라는 수남의 설명을 들으며 택시에서 내린 준집은 그저 그들이 가는 대로 발길을 옮겼고 그렇게 수남을 따라 들어간 곳은 그린 하우스라는 고급 술집이었다. 정섭이 앞장을 서고 그 뒤를 수남, 준집 순으로 들어갔다. 유람선에서 일본인 놀이에 재미가 붙은 수남이 오동동으로 오는 택시 안에서 준집에게 간단한 표현을 몇 가지 더 가르쳐줬다. 그리고 이번에도 일본인 행세를 하라고 하였다. "어서 오세요." 하얀 와이셔츠에 검은색 나비 넥타이를 맨 전형적인 웨이터 모습의 남자가 유리로 된 문을 열어주었다. "일본 손님 모시고 왔어. 예쁜 애들 보내." 정섭은 그 집 단골인 듯 했다. 그들의 방에 술과 안주가 들어오고 잠시 뒤 세 명의 여자가 들어와 각자 여자들을 한 명씩 끼고 앉게 되었다. "욘상 기모찌 도오데스까(양샘 기분이 어때요)?", "이이 데스." 그러자 준집 옆에 앉은 여자가 맞은편에 앉은 정섭에게 물었다. "오빠 이분 일본 사람이야?" 정섭이 대답했다. "응 너 오늘 수지맞은 거야. 잘해줘." 준집은 당연히 다 알아들으면서도 입을 꾹 다물고 계속 일본인인 척했다. 술자리가 끝나고 그들 모두 소위 2차라는 걸 가게 되었는데 드디어 거기서 사달이 나고야 말았다. 그들은 자신의 파트너들을 데리고 각자의 방으로 들어갔는데 준집의 방안에서 그의 파트너가 다른 사람의 열 배나 되는 화대를 요구하고 나온 것이었다. "너 일본 사람이라메? 그럼 그렇게 줘야지.", "와카리 마셍.", "빨리 내놔 십만 원. 그래야 하지.", "와카리 마셍." 준집도 그날은 해보고 싶었다. 그러나 술값도 모두 자신이 냈고 괜히 일본 사람 흉내 내다 자신만 바가지 쓰게 된 것 같아 억울한 생각에 결국 실토를 하고야 말았다. "나 사실 한국 사람이야." 그러자 그녀가 소스라치게 놀라며 "뭐야 이거. 아 씨팔 재수에 옴 붙었네. 뭐 저런 새끼가 다 있어?" 하고 욕을 하며 방문을 쾅! 닫고 나가버렸다. 그래서 그날 밤도 준집은 그 여관방에서 혼자 잠자리에 들어야만 했다.

절세가인

절세가인이 생겨날 적에는 주변의 모든 산과 물의 정기를 받는다 하였던가.

문자, 문경, 문숙, 혜숙 네 명의 누나와 여자들의 미모에 각별한 관심이 있는 어머니 밑에서 자란 준집은 어려서부터 그들이 주고받는 대화를 자의 반 타의 반으로 엿듣게 되며 과연 어떠한 조건의 여자가 완벽한 미인인지에 대한 기준점을 자연스럽게 정립할 수가 있었다.

오월이 지나고 유월도 중순이 넘어갈 무렵 사무실에서 퇴근한 준집은 하숙집으로 가봐야 이렇다 할 낙이 없다는 걸 알기에 양복 윗도리를 어깨에 걸치고 광복동 거리로 향했다. 그러나 아직도 낯선 타향 땅에서 친구도 없고 술도 못 마시는 준집이 갈 곳이라곤 그가 심심할 때마다 가끔 들리던 태평양이라는 이름의 다방뿐이었다. 그날도 별생각 없이 그곳에 들려 냉커피 한잔을 시켜놓고 우두커니 앉아 있는데 그의 옆으로 한 여자가 지나갔다. 그리고 그녀는 가운데 놓인 커다란 어항 너머 반대편 의자에 가서 앉았는데 누구를 기다리는지 시름없이 벽에 기대고 있었다. 방금 지나갈 때의 모습도 그렇고 지금의 모습도 그렇고 그동안 집안 식구들로부터 들었던 완벽한 미인 그 자체가 틀림없었다. 준집의 가슴이 두근거리기 시작했다. "아, 이를 어찌해야 한단 말인가? 고등학생 시절 잠시 사귀었던 정애도 예뻤지만 지금 저 여자는 완벽 그 자체 아닌가 말이다." 준집은 다방레지를 불러 물잔밖에 없는 그녀의 테이블에 가장 비싼 주스를 갖다 놓게 하였다. 그리고 다방레지가 그녀에게 뭐라고 말을 하자 그녀는 준집이 있는 쪽을 한번 힐끗 쳐다보았다. 그리고 나서 잠시 뒤 그녀는 주스에 입도 대지 않고 자신의 핸드백을 챙겨 밖으로 나가는 것이었다. 너무나 짧은 순간에 벌어진 일이라 준집은 카운터에다 계산이고 말고도 없이 큰돈을 던지고 황급히 그녀 뒤를 따라 나갔다. 아무래도 지금 당장 접근했다간 낭패를 볼 것 같기도 하고 가슴도 두근거려 준집은 일정한 거리를 유지한 채 그녀 뒤를 계속 따라갔다. 그녀가 버스를 앞문으로 타면 뒷문으로 그녀가 내리면 같이 내리고 그녀가 서면에서 갈아탈 버스를 기다리면 같이 기다리고 그러다 그녀가 팔송리행 버스를 탈 때도 다른 문으로 올라타며 미행을 계속했다. 그사이 유월의 해는 어느덧 지고 그녀가 범어사 근처에서 내렸을 때는 사방이 캄캄한 밤이었다. 흙길을 따라 올라 가는 그녀를 그녀 몰래 뒤따라갔는데 이윽고 그녀가 어느 집으 로 들어가는 게 보였다. "그래 됐다. 집은 확인했으니 오늘은 일 단 돌아가자." 준집이 아까 그 여자가 내린 버스정류장에서 얼 마간을 기다리니 같은 버스로 보이는 버스가 도착해 그것을 타 고 역순으로 버스를 갈아타고 그렇게 집으로 돌아왔다.

그 후 몇 날 며칠이 지나도 눈앞에 그녀의 모습이 아른거려 아무 일도 할 수가 없었다. 사무실에 앉아서도 주문이 들어오 면 이 씨나 김 양에게 넘기고 준집은 회전의자에 기댄 채 그날 다방에서 보았던 그녀의 모습만 눈앞에 떠올렸다. 그러기를 며 칠째 드디어 일요일이 찾아왔다.

하숙집 근처 성분도병원 주변에는 병문안을 오는 사람들을 위해 각종 선물을 파는 가게가 있다는 걸 알고 있던 준집은 아침 일찍 일어나 세수를 마친 후에 자신이 입는 옷중 가장 낫다고 생각되는 옷으로 갈아입고 그 가게에 가서 과일 바구 니 중 가장 호불나고 비싼 것으로 골라 그날은 버스가 아닌 택시를 잡아타고 머나먼 그녀의 집으로 향했다. 중앙동에서 부산진과 서면, 양정동을 지나 동래 입구 기찰을 지나 범어사 입구까지…. 택시가 동래를 벗어나자 준집의 눈앞에 초록과

연두색 논밭이 펼쳐지기 시작했고 설렘으로 두근거리는 가슴을 달래기 위해 준집은 택시 뒷좌석에서 큰 숨을 여러 번 들이켰다. 아버지로부터 3%의 사무실 운영비를 허락받았기에 그동안 쓸 곳이 없어서 그랬지 그에겐 그까짓 장거리 택시비는 푼돈에 지나지 않았다. 낮에 도착하여 본 그녀의 집은 그야말로 거의 다 쓰러져가는 초가집이었다. 준집은 자신이 중학생일 때 즐겨 불렀던 이양일이라는 가수의 「행복의 샘터」라는 노래가 생각났다.

"심심산골 외로히 피어있는 꽃인가, 소박한 너의 모습 내 가슴을 태웠네,

그리움에 날개 돋혀 산 넘고 물 건너, 꿈을 찾아 사랑 찾아 나 여기 왔노라~"

막상 그곳에 도착하였음에도 준집은 떨리는 가슴에 어찌할 바 모르고 있었는데 그 집 식구들이 점심을 먹었는지 몸매가 가늘고 얼굴이 수척한 중년 부인이 수수한 몸뻬 바지 차림으로 중간 크기의 함지박에 그릇 몇 개를 담아서 갖고 나와 흙으로 되어있는 마당 앞쪽에 있는 수돗가에서 설거지를 시작했다. 그제야 준집은 얼기설기 엮어진 사립문을 한 손으로 밀고 들어가며 "실례합니다." 하고 소리를 내었다. 그 소리에 중년 부인이 설거지를 하다 멈추고 고개를 들고 일어나며 "누굴 찾아오셨능교? 우리 교감 샘요?" 하고 물어왔다. 준집이 "저…" 소리만 낼

뿐 아무 말도 못하고 어정쩡하게 서서 있자 그 부인은 "우리 영은이 찾아오셨능교?" 하였다. 상대방의 이름도 모르는 채 무작정 따라왔던 준집은 그저 막연히 "예." 하는 소리밖에 낼 수 없었고 그러자 그 부인은 초가집 쪽을 향해 돌아서며 "영은아, 여기 어느 분이 오셨다. 한번 나와봐라." 하고 큰 소리로 말했다. 그러자 가운데의 마루 옆 오른쪽 문이 삐걱하는 소리와 함께 열리며 하얀 블라우스에 월남치마 차림의 젊은 여인이 "누고?" 하며 걸어 나왔는데 준집이 지난 며칠간 그렇게 오매불망하며 보고 싶어 하던, 다방에서 보았던 바로 그녀였다. 준집이 너무나 꿈만 같아 아무 말도 못하고 서 있는데 그녀가 먼저 말문을 열었다. "어마야! 여긴 우째 알고 오셨습니꺼?" 하며 경계하는 눈빛으로 준집을 노려봤다. 그도 그럴 것이 닷새 전 시내 다방에서 주스를 보냈던 남자 같은데 자기 집은 어떻게 알고 찾아왔는지 그녀로서는 대체 영문을 알 수 없는 일 아니겠는가. 준집이 들고 있던 과일바구니를 중년 부인에게 건네려 하자 그녀는 "엄마야, 그거 받지 마라! 내 모르는 사람이다!"라고 말했는데 그 말하는 표정도 억양도 준집의 눈과 귀에는 더할 나위 없이 아름답게 보이고 들렸다. 그렇게 준집과 영은의 애틋한 사랑은 시작되었다.

연적

집 밖으로 나온 두 사람은 범어사로 올라가는 흙길을 걸으며 대화를 나누기 시작했다. 어떻게 우리 집을 알고 찾아왔느냐부터 시작해서 서로의 이름과 하는 일에 대한 정보도 주고받고 "자신은 지금 교제하는 남자가 있어서 당신의 구애를 받아줄 수 없다."라는 그녀의 말까지. 그녀는 부산의 매우 큰 목재회사 상무의 비서로 일하고 있다는 사실과 본명은 영은이지만 친구들이나 회사에서 부르는 이름은 정희라는 정보 정도가 그날 준집이 그곳에 가서 알아낸 것들이었다. 낙심하고 돌아오면서도 준집은 그녀가 밉지 않았다. 하숙집으로 돌아온 준집이 계속 침울해 있자 그 역시 건너편 고급하숙집에 살던 친구 수남이 찾아와 그 연유를 물었다. 준집이 이러저러한 그간의 사정을 이야기하자 꾀돌이 수남이 한 가지 아이디어를 내놨다. "자신이 다니는 일본영사관에 마쓰다라는 부영사가 있는데 그 사람에게는 운전사가 딸려있지만, 마쓰다가 오너 드라이버이기 때문에 그의 승용차는 공식적인 의전행사 때만 사용한다. 그래서 자동차도 운전기사도 놀고 있는 날이 태반인데 준집이 돈을 얼마 주면 그 차를 쓸 수 있을 것이다."라는 내용이었다. 귀가 솔깃해진 준집은 그날로 그 제안을 수락하였고 장마 때문에 궂은 날씨가 이어지던 어느 날, 여느 날보다 한 시간 먼저 일을 끝낸 준집은 자립사 앞에서 대기 중인 일본 부영사의 닛산 쎄디락 차에 올라타 적기에 있는 그 목재회사 정문까지 가서 퇴근해서 나올 그녀를 무작정 기다렸다. 적기까지 가는 동안 나이가 꽤 들어 보이는 영사관 운전사는 준집이 올라타자 한동안 말이 없다가 백미러를 통해 준집의 표정을 보더니 점잖은 목소리로 준집에게 말을 걸어왔다. "수남 씨에게 말씀 들었습니다. 너무 염려 마세요. 제가 잘 모시겠습니다." 준집은 뭐라고 대답해야 할지 몰라 잠시 뜸을 들이다가 "얼마나 드리면 될까요?" 하고 물으니 그 기사는 "그런 건 걱정하지 마시고 그 여자분을 잘 꼬셔 보세요. 최선을 다하시면 아마 넘어올 겁니다."라고 하였다. 목재회사 정문 앞에 차를 세워놓고 십오 분 정도 기다리니 아니나 다를까 다섯 시가 조금 넘자 그녀가 우산을 쓰고 걸어 나왔고 준집이 운전기사에게 "내가 기다리던 여자가 저 여자다." 하는걸 알려주자 기사는 문을 열고 나가 그녀를 그 차로 안내하여 준집 옆에 앉게 해 주었다. 부 영사의 차는 외관도 그러했지만, 내부 역시 매우 고급스러웠다. 연한 연두색의 벨벳천으로 덮인 시트 하며 좌석과 좌석 사이의 낮은 사물함까지. 준집도 처음 올라탔을 때 말은 안 했지만 속으로 그 우아함에 감탄했는데 영사 차인지 누구 차인지 전혀 알 수 없는 그녀로서는 그것이 당연히 준집의 차로 생각했는지 직접적인 표현은 삼갔지만 적잖이 놀라는 것 같았다. "우째 여기까지 왔어예?" 운전석 뒤쪽에 앉은 그녀가 고개를 숙인 채 입을 먼저 열었다. "그냥 걱정이 돼서요." 운전사가 물었다. "어디로 모실까요?" 준집은 담담히 대답했다. "팔송리로 갑시다." 그 차가 빗속을 헤치며 팔송리 집에 도착할 때까지 준집은 말을 많이 하지 아니하였고 그녀도 차창 밖을 내다볼 뿐 별말이 없었다. 그러기를 몇 차례 반복하자 그녀는 준집과의 데이트 약속을 허락하였다. 그러나 그것도 광안리 해운대 등에 있는 고급 호텔 레스토랑에 가서 식사하고 해변을 함께 걷거나 영도나 시내 한 바퀴를 도는 정도로 드라이브를 즐기고 헤어지는 수준이었다. 그래도 준집은 그것만으로도 너무나 행복했다. 그러나 그러던 어느 날 결국 그녀는 "자신은 이미 결혼을 약속한 남자가 있고 그 사람이 지금 군대에 가 있는데 내일모레 휴가를 나올 예정이다."라며 "우리 둘은 이루어질 수 없으니 이제라도 자신을 잊어달라."라는 절교 선언을 준집에게 하였다. 그녀를 마지막으로 바래다주고 부 영사 차에서 내린 준집은 그동안 수고한 운전기사에게 넉넉한 금액의 수고비를 주고 난 후 눈앞에 어른거리는 하늘의 별들을 쳐다보며 자신의 하숙방으로 돌아왔다. 그리고 그날 밤부터 다음 날 아침까지 잠을 이루지 못한 준집은 다음 날 시내 약국 여러 곳을 돌아다니며 수면제 삼십 알을 산 뒤 물과 함께 그것들을 복용하였다. 그리고 그 상태로 택시를 잡아타고 그녀의 집으로 향하였는데 준집의 행동이 이상하다고 생각한 택시기사가 동래 근처의 시립병원에 그를 내려놓고 가버렸다. 한편 매일 꼬박꼬박 정시에 출근하던 준집이 아무 소식 없이 사무실에 나타나지 않자 이 씨가 황급히 이 사실을 서울에 알렸고 그 소식을 들은 준집의 부모님이 그길로 비행기를 타고 부산으로 내려와 경찰에 실종신고 한 것도 모자라 한 라디오 방송국에 출연하여 준집의 실종 사실을 방송하였는데 마침 그 방송을 들은 택시기사가 자신이 동래 정신병원에 내려준 인간과 인상착의가 비슷하다 생각되어 방송국으로 연락하였고 그의 안내로 정신병원에 도착한 준집의 부모는 시체실 바닥에 거적때기를 씌워놓은 그들의 맏아들을 발견하고 부랴부랴 성분도병원 일인실로 옮겼다.

일단 준집의 발견과 구조작업을 마친 아버지 제을은 사업상 서울로 돌아갔고 그곳에 남아있던 어머니 경패는 위세척 등 응급조치를 마친 준집이 사흘 만에 깨어나자 준집으로부터 그가 그렇게 된 사연을 전해 듣고 영은이를 찾아가 이쪽의 사정을 말한 후 그녀를 설득하여 아직도 성분도 병원에 입원해 있는 준집에게로 데리고 왔다. 아직도 약 기운에서 완전히 깨어나지 않은 준집은 병실로 들어서는 그녀를 보고 놀라며 침대에서 일어나려 했으나 머리가 어지러웠다. "그냥 누워 계세요." 그녀는 부산 억양으로 서울말을 사용하여 준집에게 인사를 하였다. "그래도 일어나야지." 하며 준집이 몸을 일으키자 그녀가 준집을 부축하였고 그 모습을 본 경패는 슬그머니 병실 밖으로 나갔다. "와줘서 고마워요.", "미안합니다. 제가 뭐라꼬." 준집이 냉장고를 가리키며 "저 안에 마실 꺼 있는데." 하였더니 그녀는 "괘안심더."라고 말을 한 후에 의자에 앉아 준집을 마주 보며 "제가 그리 좋아예?" 하고 물어왔다. 준집은 자신의 손을 뻗어 그녀의 손을 잡아 자신의 입술에 갖다대며 "너무나…."라고 작은 목소리로 말했다. 그러나 준집도 더 이상 그녀를 억지로는 붙잡을 수 없다고 판단하여 모든 결정을 그녀에게 맡겼으나 그녀도 자신을 그렇게까지 원하는 한 남자의 구애를 뿌리칠 수 없었던지 준집이 병원에서 퇴원하고 나서부터는 보다 깊은 관계를 허락하였다. 그리하여 급기야 두 사람은 약혼식 없는 약혼을 하기에 이르렀는데 두 사람이 동거를 시작한 지 얼마 안 되어 옛 애인이 나타나는 바람에 결국 두 사람의 사랑은 파국을 맞게 되었다.

소환

  그 일이 있고 난 후 준집은 결국 서울로 소환되었고 준집이 일하던 그 자리에는 그의 육촌형 선집이 내려가게 되었다. 부산으로 내려간 지 구 개월 만에 서울로 돌아온 준집은 한동안 마음을 잡지 못하고 폐인처럼 지내고 있었는데 그 모습을 보다 못한 아버지 제을이 그를 다시 명동으로 불러들여 그의 밑에서 일을 하게 하였다. 그런데도 준집의 무기력증이 좀처럼 나아질 기미를 보이지 않자 아버지 제을은 상호를 안전사에서 스스로의 힘으로 일어난다는 뜻을 가진 자립사로 바꾸고 사무실을 보다 번듯한 증권거래소 옆의 건물 3층으로 이사를 한다. 직원은 비록 경리사원 1명을 포함 총 3인의 작은 회사였지만 그들이 가진 영향력은 명동의 다른 채권장사들과는 달리 매우 막강했는데 그 원동력은 아직도 무한한 자금을 뒷받침해주고 있는 동방통상의 친구 이규한 덕분이었다. 그 사이 한국 사금융업의 규모도 매우 크게 확장됐는데 그것은 정부에서 발행하기 시작한

도로국채, 주택채권, 산업금융채권 등 각종 채권에 힘 있는 바가 크다. 그리고 명동 채권업계에도 새로운 큰손들이 속속 나타나기 시작했다. 그들은 원칙주의자인 제을과 달리 약간의 탈법적인 수단의 동원도 마다하지 않았는데 그로 말미암아 자립사의 사세는 조금씩 기울어가고 있었다. 그러던 어느 날 저녁 회사근무를 마치고 퇴근하던 준집은 광화문 거리에서 초등학교 시절 단짝이면서 부산에도 놀러 왔던 친구 박관욱을 우연히 만나게 되고 그를 따라 서울대 미대 여성 듀오 두나래의 콘서트장을 방문하게 된다.

그곳은 미국문화원 건물 2층에 있는 소규모 강당이었는데 실내에 들어서자 홀안을 가득 메운 대학생들의 열기에 준집은 한동안 잊고 지냈던 젊은이의 세계를 발견하게 된다. 프로그램이 진행됨에 따라 두나래라는 여성 듀오가 나와 「PUFF」와 「Tell it on the mountain」 등의 노래를 불렀고 1부와 2부로 나눠진 공연 중간에 청바지 차림에 긴 머리를 한 여고생과 회색 홈스판 코트에 짙은 녹두색 머플러를 목에 휘감은 한 대학생이 나와 「세노야」와 「일곱 송이 수선화」를 불렀는데 준집의 옆에 앉은 관욱이 그녀를 가리키며 양희은이라는 노래 잘하기로 소문난 여고생이라고 설명해 주었고 그녀가 순서를 마치고 들어가자 객석에서 옆에서 기타반주를 해주던 남자에게 노래해

달라는 열화 같은 박수 소리가 보내졌다. 그는 약간 수줍은 미소를 지으며 자신이 앉아있던 의자에 다시 양반다리로 올라앉아 「친구」와 「도둑촌」이라는 노래를 불렀는데 그 순간 준집은 태어나서 지금까지 경험하지 못한 문화적 충격을 받게 된다. 그 청년의 이름은 김민기였다. "이게 뭐지? 매일 아침이면 자동으로 와이셔츠에 넥타이를 매고 아버지를 따라서 명동으로 나가 자신보다 나이 많은 삼진이나 충빈이를 친구라고 부르며 어울리고 다녔는데 그들과 이들의 느낌이 이렇게 다를 수가 있단 말인가?" 공연 관람이 끝나고 관욱과 헤어져 광화문에서 누상동 집까지 걸어오는 내내 준집의 머릿속은 혼란스러움으로 가득했다. 그러나 그것도 잠시뿐 준집의 반복된 일상은 계속 이어졌고 다만 종로로 나갔던 어느 날 한 악기점에 진열된 만돌린이라는 악기의 모양에 반하여 그것을 사서 집으로 가져온 후 회사근무를 마치고 집으로 돌아오면 자습을 하며 취미생활이란 것을 시작하게 되었다.

채권장사

준집이 부산으로 내려가 채권장사들의 오야봉 노릇 할 때만 해도 말이 채권장사지 실제로는 자립저축과 전화 공채를 주로 취급했는데 서울에 올라와 아버지를 돕는 동안 자립저축은 없어지고 3년 만기의 도로국채가 그 역할을 대신하고 있었다.

정부에서 보장해주는 공금리 이자율은 연 6%로 내려갔고 그런데도 사채이율은 월 3%를 유지하고 있었다. 새 차를 사서 차량등록을 해야 하는 사람들, 집을 짓기 위해 건축 허가를 받아야 하는 사람들 그리고 그보다 큰 규모의 사업을 시도하는 사람은 강제적으로 그러한 채권들을 사야 했고 그러한 강제적 예금 수단에 재정적 부담을 느끼는 사람들의 필요에 의해 사채시장에서의 대납 관행은 여전히 지속되고 있었다. 일종의 아버지 돈 심부름꾼인 준집은 그 일을 수행하면서도 매일매일 만나는 사람들과의 대화와 행동거지로부터 관욱을 따라가서 보았던 젊은이들의 신선했던 모습과 분위기를 비교하는 습관을 자신도 모르게 가지게 되었다. 그리고 시간이 육 개월 정도 흐른 후 또다시 어느 날 저녁 그날도 명동에서 고등학교 동창인 기정을 만나게 되었고 사춘기 시절 노래를 잘했던 준집을 기억하는 기정의 초대로 한 대학생 써클이 주최하는 음악회에 초대되어 준집은 그동안 틈틈이 자습한 만도린을 가지고 가서 청중 앞에서 연주를 하게 되었다. 〈쉘부르의 우산〉과 〈닥터 지바고〉 테마 송의 연주를 마치자 관객석으로부터 터져 나오는 박수 소리에 준집은 난생처음으로 황홀한 기분을 맛보게 된다. 그리고 며칠이 지난 어느 날 저녁 누상동 집 안방에서 저녁상을 물리고 준집은 평소처럼 곧장 2층에 있는 자기 방으로 올라가지 않고 아버지와 마주 앉아 다음과 같은 고백을 한다. "최근에 어느 대학생들의 모임에 갔었는데 영어 공부를 하는 곳이었습니다. 이제 다시 대학으로 돌아가긴 너무 늦었지만, 자습으로라도 본인도 새로운 인생을 찾고 싶으니 회사를 그만두게 해주십시오."라고. 그 말을 들은 아버지 제을은 방바닥이 꺼질 정도의 큰 한숨을 내쉬었고 옆에서 두 사람의 대화를 듣게 된 어머니 경패는 "공부도 다 때가 있는 법인데 하라 할 땐 안 하더니 이제 와서 뒤늦게 공부 타령이냐?" 하며 못마땅해하셨다. 그리고 그다음 날부터 준집은 일방적으로 회사 출근을 안 하기 시작했다.

막상 공부하겠다며 회사를 그만두긴 했지만 지난 몇 년간 책

한 권 보지 않았던 준집에게 영어 공부는 그렇게 녹록한 일이
아니었다. 종로의 책방에 가서 단어책과 영어 회화책을 사다가
몇 문장 몇 단어를 외운 후 지난번에 콘서트 초청을 해줬던 기
정이 다니는 영어 회화 클럽에 가입은 했으나 처음부터 끝까지
영어로만 말하고 진행하는 모임 속에서 준집은 제대로 알아들
을 수도 입을 뻥끗할 수도 없었다. 그러나 불행 중 다행이라는
말처럼 그 모임의 후반부에 소위 친교 시간이라는 게 있었는데
그때마다 준집이 틈틈이 연습해 부른 팝송의 노래솜씨를 인정
받아 근근이 회원자격을 유지해 나갔다.

양병집의 탄생

ㅇ

　그해 가을 영어 회화 모임의 회장인 병일은 무슨 생각에서인지 준집에게 본인이 도울 테니 리싸이틀 한번 해볼 것을 제안했다. 준집은 잠시 망설이다가 약 일 년 전 보았던 두나래 콘서트를 상기하며 병일의 제안을 받아들였다. 1971년 가을이 깊어가는 가운데 준집은 누상동 집의 자기 방에서 연습에 몰두하였다. 톰 존스에서 닐 다이아몬드의 노래들까지 그동안 영어모임에서 불렀던 곡들에 신중현 작곡이지만 펄시스터스가 불러 전대미문의 히트를 시킨 「커피 한 잔」을 추가해 나름대로 짜임새 있게 레파토리를 짜나가고 있었다. 그런데 아래층에서 준집의 연습상황을 지켜보던 어머니 경패가 2층 방으로 올라와 안타깝다는 표정으로 충고의 말씀을 한마디 해주셨다. "기왕에 발표회를 할래면 이미자의 동백아가씨나 아씨처럼 듣기 좋은 노래들을 부르라마." 준집이 눈을 동그랗게 뜬 채 정색하고 대답을 했다. "보러오는 사람들이 전부 젊은이들인데 그런 노래를 어떻게 불러요." 그러자 그의 어머니 경패는 "나도 모르겠다. 니가 알아서 해라."라는 말씀 한마디 하시고는 아래층으로 내려가셨다. 공연 당일, 그동안의 무리한 연습 때문에 준집은 목이 쉬어 평소에 보였던 제기량을 제대로 관객들에게 보여주지는 못했으나 어차피 무료 공연이었기에 그 공연은 그렇게 별 탈 없이 넘어갔다.

그리고 다시 무료한 시간이 반복되던 어느 날 소일거리를 찾아 명동으로 나갔던 준집은 증권 골목 어느 벽돌담에 붙어있는 작은 포스터를 보게 된다. 그는 큰 글씨부터 읽어 내려갔다. "전국 포크송 콘테스트, 일시 모월 모시, 장소 명동 어느 카페, 자격 아무나, 주최 월간팝송사." 벽에서 뜯어낸 포스터를 들고 집으로 돌아온 준집은 둥그렇게 말았던 포스터를 펴서 다시 쳐다보며 "나갈까 말까"를 놓고 고민하다가 PPM의 「Don't think twice, it's alright」을 한번 불러보고 '그래 주최자가 월간 팝송사니까 팝송이 먹힐 꺼야.'라는 생각을 하게 되고 기타 대신에 그 무렵 호기심에 사놨던 벤죠를 들고 나가기로 맘을 먹는다. 콘테스트 당일 포스터에 적힌 장소로 가니 이미 이삼십 명 정도의 지원자들이 도착하여 접수를 마친 상태였다. 늦은 번호를 받아들고 본인 순서를 기다렸던 준집은 자신의 번호가 호출되자 주눅 들지 않은 자세로 당당하게 무대에 올라가 거침없이

「Don't think twice, it's alright」을 불렀다. 미국 문화원에서 가졌던 개인 리싸이틀 덕분이었다. 노래를 마치고 내려온 후 마지막 지원자의 순서가 끝나자 대략 십오 분 정도의 심사 시간이 걸렸는데 처음부터 끝까지 지원자들의 면면을 관찰했던 준집은 나름대로 떨어질 것 같지 않은 자신감 같은 게 생겼다. 드디어 입상자 발표가 시작됐는데 이주원, 김준세에 이어 자신의 이름이 아닌 양병집이 호명됐다. 그제야 혹시 탈락할 경우에 당할 망신스러움을 피하고자 본인보다 세 살 아래인 동생 '경집'의 이름으로 지원했던 게 생각났다. 그런데 심사위원이 '병집'으로 잘못 발표하는 바람에 심사위원이 '양병집'이라는 이름을 두 번 반복해서 부른 후에야 준집은 시상대 위로 올라가게 되었다.

일등 이주원 이등 김준세 삼등 양병집, 이주원에게는 고급 기타 김준세는 중급 기타 그리고 졸지에 준집에서 병집으로 바뀌어 버린 준집에게는 저가형 기타가 주어졌는데 그런데도 탈락보다는 나아서 그랬는지 그것을 가지고 집으로 돌아오는 준집의 가슴은 알 수 없는 뿌듯함에 가득 차 있었다. 준집은 마침 안방에 있던 어머니에게 상으로 받아온 기타를 보여주며 자랑을 하였으나 그의 어머니는 시큰둥한 표정을 지으며 "알았다 네 방으로 올라가라." 하는 반응만 보이셨을 뿐이다.

2부

가수의 길

콘테스트가 끝나고 입상자들만 모이던 날 약속장소에 나가니 월간팝송 이문세 사장 말고도 이백천이라 자신을 소개한 음악 평론가 한 분도 그 자리에 계셨다. 원래 콘테스트 심사위원 중에 최경식 씨라는 분이 계셨는데 그분은 그곳에 오지 않으셨다. 입상자 세 사람은 이백천 선생님의 인솔하에 어떤 음반 회사도 방문을 하고 그날 오후에는 명동 한복판에 자리 잡고 있던 오비스케빈을 방문하였는데 그 자리에서 세 사람 모두 그 업소의 출연이 결정되었다. 이제는 이름이 준집에서 병집으로 되어버린 병집은 새로운 마음가짐으로 그동안 스스로 갈고 닦은 노래 들을 레파토리 삼아 이백천 선생님이 지정해주신 날 자신의 기타를 들고 오비스캐빈 2층으로 출근을 하였고 그들이 정해준 시간에 이번에는 떨리는 마음으로 무대 위로 올라갔다. 부산에서 채권장사들과 어울릴 당시 은행과 우체국의 VIP 자격으로 그들에게 대접을 받았던 장소 비슷한 곳에서 생뚱맞게 출연 가수라는 신분으로 바뀌어 노래를 하게 되었다는 게 스스로 신기한 노릇이기도 했지만, 어느새 자신도 모르게 남들로부터 박수를 받으며 노래를 하는 것에 대한 즐거움에 빠져든 준집은 지난날 자신이 걸어왔던 길을 까맣게 잊고 있었다. 게다가 이제부터는 자신의 음악적 재능을 가지고 돈도 벌 수 있는 길이 열렸다는 사실이 더할 나위 없이 즐겁기만 했다. 그리고 그럭저럭 한 달이 지나갔다. 출연료를 받는 날 4층 경리과로 가니 김 비서라는 사람이 돈을 지급하면서도 못마땅한 눈으로 병집을 쳐다봤다. 그리고 둘째 달 출연을 시작한 지 며칠 안 되어 병집의 순서에서 대사건이 발생했다. 병집이란 이름으로 자신이 준비한 노래들을 불러나가던 도중에 휴가 나온 군인인 듯싶은 젊은이가 "야 이 시키야! 그기 노래가? 때려치라!" 하고 소리를 질렀고 그런데도 병집이 자신의 무대를 마무리 짓고 내려가야 한다는 생각에 남은 두 곡을 부르려 하자 그 군인이 "이 시키! 때려치라 카는데 와 계속 부르노?" 하고 다시 한번 소리치는 바람에 결국 병집은 마무리를 짓지 못하고 무대를 내려왔다. 다음날 출연을 위해 오비스캐빈 2층 코스모스 홀을 찾았을 때 무대 뒤로 웨이터장이 찾아와 "오늘부터 무대에 올라가지 마시랍니다."라고 말을 하였다. 병집이 "왜요? 누가 그래요?" 하고 물으니 "김 비서님이 그러셨습니다." 하였다. 들고 갔던 기타를 다시 들고 집으로 오는데 병집은 무척 씁쓸한 기분이 들었다.

"주원과 준세는 거기서 계속 노래하는데 나만 짤렸구나." 하는
생각에….

  그로부터 며칠이 지나자 병집의 머릿속에 새로운 아이디어가
떠올랐다. "그래 병제도 노래하는 걸 좋아하지. 어디 한번 병제
랑 같이해볼까?" 영어 회화 클럽의 모임이 있던 날 애프터 미팅
에서 병집은 병제를 불러 이야기를 나누었다. "병제야 나하고
같이 듀엣 한번 해보지 않을래?" 그 무렵 병제는 자신의 적성에
맞지 않는다며 서울공대 재료공학과 3학년을 휴학 중이었다.
병집의 꼬드김에 넘어온 병제는 그다음 토요일 병집의 집으로
찾아왔고 병집은 미리 준비한 PPM의 노래들을 들려주었다.
PPM의 노래들을 듣고 난 병제는 서울에 올라온 지 십 년 가까
이 되었음에도 서울말도 아니고 대구말도 아닌 특이한 억양으
로 "노래들은 듣기 좋네. 그런데 PPM처럼 할래면 우리도 여자
가 하나 있어야 되지 않나?" 하고 말을 했다. 그 말을 들은 병집
이 가만히 생각해보니 꽤 맞는 말처럼 받아졌다. "그럼 누가 있
지 기명숙? 문성자?" 그들은 우선 같은 써클의 여성 멤버들 중
얼굴은 예쁘나 사람들 앞에서 노래하는 걸 본적이 없는 두 사
람을 떠올렸다. 병집이 병제에게 말했다 "어디 한번 길에 나가
서 구해볼까?" 이번엔 병제가 말했다. "어디가 좋겠나?" 병집이
말했다. "광화문 어때?", "그래 좋다 가자." 그렇게 의기투합한

두 사람은 그 자리에서 일어나 광화문으로 향했다. 처음엔 무교동 쪽에서 지나가는 여학생을 상대로 두세 차례 시도했으나 모두 실패했고 "아무래두 잘 안되네." 하며 서로 헤어지려고 버스정류장이 있는 광화문 사거리까지 왔는데 리버티 다방 앞에서 역시 버스를 기다리며 대화를 나누는 여학생 두 명이 보여 준집이 병제더러 가서 말을 좀 걸어 보라고 종용했다. "병집이 니가 해라." 병제의 말에 "안 돼 난 뱃지가 없잖아." 준집은 뱃지 핑계를 대며 병제의 등을 그녀들 쪽으로 밀었다. 준집은 캠퍼스를 떠난 지 오래됐고 병제는 휴학을 한 지 몇 달 안 돼서 그랬는지 가슴에 아직도 서울대 뱃지가 달려있었다. 병제가 가서 그들에게 뭐라고 속삭였는지는 몰라도 아무튼 그녀들의 반응이 좋았고 그리고 얼마 후 그녀들은 친구 한 명을 더 데리고 나와 서로의 미팅이 이루어졌다.

그녀의 이름은 유명숙. 아주 큰 키는 아니었지만 매우 균형감 있는 몸매와 귀염성 있는 얼굴을 하고 있었으며 음감과 목소리도 좋고 그 무엇보다도 영어 발음이 좋아 팝송을 주 레파토리로 삼은 TSS팀에서 메리 역할을 하기에는 그야말로 안성맞춤이었다.

명동이란 두 글자는

　오늘날에 와서 명동은 관광객이 주로 가고(그것도 코로나19의 여파로 그조차도 오지 않아 대낮에 가도 썰렁한 모습만 보이지만) 주변의 고층빌딩들에 둘러싸여 그 옛날에 가지고 있던 명동만의 정취가 모두 사라진, 오직 장사꾼만이 판치는 상점가처럼 되었지만 1951년에 태어나 1971년이 되었을 때 이십 대를 맞이하여 격동의 70년대를 온몸으로 겪게된 병집에게 있어 명동이란 두 글자는 많은 추억이 담겨있고 또한 깊은 감회를 젖게하는 각별한 동네이다. 처음엔 대학을 중퇴하고 재기를 꿈꾸는 아버지를 따라 증권거래소 골목을 들락거렸고 부산에서 소환 돼 서울로 올라와서도 처음 일 년간은 같은 동네에서 아버지를 도우며 여기저기 은행 돈 심부름을 했지만 우연히 길에서 친구들을 만나고 콘테스트 포스터를 발견하며 인생항로가 순식간에 엉뚱한 곳으로 바뀌게 한 동네이기 때문일 것이다.

　누상동 병집의 방에서 PPM의 노래들을 중심으로 두 달간의 연습을 마친 세 사람은 팀명을 병집과 병제가 다니던 영어 회화 클럽명과 같은 TSS(Thinking Stones Society)로 정하고 명숙의 친구 성은 등의 도움으로 한국일보사 강당에서 첫 번째 리싸이틀을 하게 되었다. 공연장을 예약하고 초대권 인쇄를 마치고 공연당일 무대 뒤 대기실로 가니 명숙은 이미 도착하여 있었고 무대 위에서는 그녀의 친구들이 무대를 예쁘게 꾸미고 있었다. 잠시 후 도착한 병제와 셋이서 리허설을 하고 있는데 명숙의 친구 한 명이 대기실로 들어오며 병집에게 "김민기 씨가 왔어요."라는 말을 해주었다. 그 말을 들은 준집이 그녀와 함께 무대 위로 올라가 객석을 살피며 "어디? 어디?" 하고 물으니 그녀는 객석 중앙을 가리키며 "저기 저기요" 하였다. 병집이 공연장을 돌아 그에게 다가가 "왔구나, 고마워." 하며 중간에 찬조 출연을 부탁했으나 그는 정중히 거절했다. 그러고 나서 병집이 대기실로 돌아오니 병집보다 조금 더 키가 큰 남자가 병집에게 다가와 "자신은 고영수라는 사람이다."라고 소개하며 1부와 2부 사이에 찬조 출연을 하고 싶다고 하여 병집이 "그러세요." 하고 대답하고 1부 순서를 다 마치고 대기실로 돌아오니 그 남자의 모습이 보이지 않았는데 나중에 알고 보니 그는 이미 방송과 대학가에서 잘 웃기기로 유명한 사회자였다.

그렇게 리싸이틀을 마쳤음에도 아직 무명의 트리오에 불과한 그들에게 출연을 제의해오는 곳은 업소를 포함 단 한 군데도 없었다. 그날도 병집은 아무 생각 없이 무작정 명동길로 걸어 들어갔다. 같은 명동이라 해도 진입로가 여러 곳이 있어 어디로 들어가느냐에 따라 노는 장소가 달라지는 경우가 종종있는데 그날은 자신이 이끄는 TSS가 출연할 업소를 찾기 위해서였다. 그 당시 이제 막 포크음악이 붐을 일으키기 시작은 했으나 막상 라이브를 할 수 있는 장소는 손에 꼽을 정도로 많지가 않았다. 혹시나 하는 마음에 충무로 쪽으로 올라갔는데 본전다방 옆에 내슈빌 음악감상실이라는 간판이 보였다. 그동안 음악다방은 여러 번 가보았지만, 음악감상실은 종로 1가 대로변에 있는 르네상스라는 곳과 2가에 있는 디쉐네밖에 가보지 못했던 병집은 호기심이 생겨 3층에 있는 그곳으로 올라가 봤다. 부담 없는 가격에 입장권을 끊고 안으로 들어서니 갑자기 나이트클럽 갔을 때 안과 밖의 소리 크기가 확 다른 것처럼 클래식 음악감상실과는 확연히 다른 분위기를 가지고 있었다. 입장권 한쪽에 붙은 음료권으로 음료를 한잔 마신 뒤 극장처럼 일렬로 배치되어있는 일인용 소파에 우두커니 앉아 주로 팝송을 감상하는 곳이었는데 병집도 남들처럼 리퀘스트 용지에 신청곡을 적어 소위 DJ BOX라는 곳에 용지를 들이밀고 다시 제자리로 돌아와 앉아있었다. 한 이십 분쯤 지났을까 "아 여기 어떤 분이 아주 좋은 곡을 신청하셨네요. 반전 노래죠. 오늘은 밥 딜런의 목소리로 들어보겠습니다." 하며 병집이 신청한 「Blow ing in the wind」를 틀어주었다.

이에 고무된 병집은 DJ BOX로 가서 전면에 있는 유리창 앞에 서서 얼쩡거리고 있으니 LP를 교환하던 그 시간 담당 DJ가 옆으로 오라는 손짓을 보냈다. 이에 병집이 DJ 박스 출입구 앞으로 가니 헤드폰을 벗은 디제이가 왜 그러느냐고 물었다. 병집이 간단하게 자신을 소개하니 그가 일단 들어오라 하여 안으로 들어가 그가 내준 스툴 의자에 앉았다. "그래서 요점이 뭡니까?" 직설적인 그의 질문에 병집도 직설적으로 대답했다. "앞에 들어오는데 보니까 주말 저녁 시간에 라이브를 하던데 우리 팀도 해볼 수 있을까 해서요.", "몇 인존데요?", "삼인조입니다.", "어떤 음악 하는데요?", "네, 피터 폴 앤 메리라고…" 그는 병집이 그렇게 마지막 대답을 하자 병집을 보는 눈빛이 달라지며 "지금 몇 살이세요?" 하고 물어왔다. "스물셋 51년생입니다. 그는 대화를 나누는 사이 LP를 턴테이블에 바꿔 올리며 짧게 멘트를 한 후 병집에게 몇 가지 질문을 더 했다. "그럼 남자 둘에 여자 하나입니까?", "네.", "학교는?" 병집은 자신의 이야기는 뺀 채 병제와 명숙의 학교 이름을 댔다. "서울대와 성심여대입니다." DJ BOX 안으로 리퀘스트 용지가 계속 들어오자 그는 병집과의 대화를 멈추고 병집보고 나가서 기다리면 자신의 순서가 끝난 후 나갈 테니 가지 말고 기다리고 있으라고 했다. 그리고 삼십분 정도 지난 뒤 그는 뮤직박스에서 나왔고 병집을 휴게실로 데려가 보다 상세한 이야기를 들은 후 돌아오는 주말에 팀을 데려와 보라고 말했다. 그의 이름은 김유복이었으며 동국대를 휴학 중이었다. 그렇게 해서 TSS는 그 후로 세 번 정도 내슈빌 무대에 올랐고 그의 소개로 방의경이 진행하는 기독교방송의 프로그램 세븐틴에도 출연해봤지만 "이제 음악은 그만두고 사법시험 준비를 하겠다." 하는 병제의 탈퇴로 TSS는 결성 일 년도 안 되어 팀을 해체하게 된다.

신촌이라는 동네

○

신촌이라는 동네는 원래 준집에게는 관심 밖의 동네였다. 그가 어리던 시절 구정 때가 되면 아버지를 따라서 큰할아버지, 작은할아버지께 세배하러 갈 때 잠깐 보고 오는 정도의 동네였지 그때까지 아무 연고가 없는 동네였기 때문이다. 그러다가 영어 회화 클럽에서 애플다방이라는 장소에서 하는 모임을 다녀온 이후로 준집은 신촌이 늙은이 동네만은 아니라는 생각을 하게 되었다.

한동안 뻔질나게 드나들었던 내슈빌에 갔던 어느 날 디제이 유복이와 부성이 그리고 사장동생 무영이 셋이 근심에 찬 표정으로 서로 말없이 앉아있는 모습이 병집의 눈에 포착됐다. "왜들 그래? 무슨 일 있어?" 하며 병집이 다가가서 물었으나 무영과 부성은 아무 말이 없고 유복이 낮은 목소리로 "문을 닫게 될 것 같애."라고 하였다. 병집은 남들보다 뒤늦게 음악감상실 내슈빌의 존재를 알았기에 무영이나 부성과는 그다지 친한 편은 아니었으나 유복과는 여러 가지 에피소드를 겪으며 꽤 친해진 사이가 되어있었다. 병집은 속으로 "하아 큰일이네. 이제는 명동에 나와도 갈 곳이 없겠네." 하는 생각을 했다. 그날 밤 집으로 돌아와 침대에 누워 지난 시간을 되돌아 보고 있던 병집에게 문득 지난번 이대 앞에 갔던 일이 떠올랐다. "그래 거기 참 동네 모양이 예뻤어. 내일은 거기나 가봐야겠네." 하고 생각하다 잠이 들었다.

육교 근처 버스정류장에서 내린 병집은 이대 입구를 향해 천천히 걸었다. 피죤 다방 로코코 미용실 마드모아젤 양장점 병집의 눈에는 모든 게 낯선 풍경이었다. 그리고 낯설다는 말은 신선하다는 말과 일맥상통하는 부분이 있다. 점입가경이라더니 이대 쪽으로 들어가면 들어갈수록 오밀조밀한 가게들이 쭉 늘어서 있는데 점심시간이라 그랬는지 병집이 눈을 어디다 두어야 할지 모를 정도로 많은 여학생이 밀려 나오고 있었다. 사춘기 시절 학교 친구들과 호기심을 못 이겨 이화여고 서울예고 교문 앞을 가본 적은 있지만 그 상황은 지금 이곳과 비교할 바가 못될 정도였다. 병집도 배가 고팠으나 가는 곳마다 여학생들로 가득 차 있어 얼굴이 화끈거려 도저히 들어갈 수가 없었다. 이대 입구 중간쯤 갔을 때 이미 더 이상 깊이 들어갈 용기가 사라진 병집은 발걸음을 돌려 아까 버스에서 내린 곳 바로 옆 육교를 통해 길을 건넜는데 그곳에 냄비우동과 만두를 파는 집이 보였다. 그곳에 들어가 고기만두 한판을 먹고 나왔는데 바로 옆이 복덕방이었다.

그날 저녁 집에 와서 어제처럼 침대 위에서 뒹굴뒹굴하며 낮에 보았던 이대 앞 모습을 눈에 그려봤는데 도저히 참을 수가 없었다. 아래층에 있는 안방으로 들어가니 아버지는 평소 하시는 대로 그날 거래했던 채권 및 예금증서들에 대한 장부를 적고 계셨고 어머니는 병집을 보시더니 "왜 들어오네?" 하셨다. "드릴 말씀이 있어서요." 하고 병집이 말하자 아버지는 계속 뒤돌아 앉아 계셨는데 어머니가 "또 뭐이가?" 하면서 지레 걱정을 하시는듯한 목소리로 물어보셨다. "저 사실은…." 하면서 병집은 이대 앞을 다녀온 사실들을 이야기하면서 그 동네에다 카페 하나를 내보고 싶다고 하자 장부를 마치신 아버지가 뒤돌아 앉으며 "내 이럴 줄 알았시요. 하라는 돈장사는 안 하고 뭐이? 이번엔 물장사 하갔다고? 내 이거 원, 당신은 아새끼를 어떻게 키웠길래 야가 이 모양이 됐습네까?" 하며 어머니를 나무랐다. 그러자 어머니는 "아 그걸 왜 내 탓으로 돌립네까? 지가 못나서 그렇지!" 하며 부부싸움을 시작했다. 그러자 병집이 "저 때문에 싸우지들 마세요. 다 제가 잘못했어요." 하고 말한 후 안방을 나와 2층 자기 방으로 올라갔다.

카페는 차려지고

○

　자식 이기는 부모는 없다고 했던가. 모든 생각이 이대 앞 동네에 꽂혀있던 병집은 두 번 세 번 부모를 조른 끝에 이백만 원이라는 자본금을 받아내어 백만 원을 투자한 여걸 타입의 영어 회화 클럽 후배와 이대 입구 건너편 육교 옆에 OX라는 상호로 카페의 문을 연다. 대략 십오 평 미만의 작은 카페였으나 김영수라는 디자이너의 도움을 받아 천정과 벽면 그리고 칸막이를 전부 검은색으로 처리하고 빨간색 상판의 테이블과 병아리색 머그잔까지. 그래서 그랬는지는 몰라도 당시로써는 꽤 혁신적인 모습을 하고 있었다. 거기에 더해 병집이 남대문 자유시장에서 원두를 사 오면 직업소개소에서 데려온 주방장이 병집의 지시에 따라 재료를 아끼지 않고 맛있게 커피를 끓여냈고 멀대처럼 키가 큰 DJ 장만경이 좋은 곡들을 엄선하여 음악을 잘 틀어주었다. 그리고 당시에 모든 다방은 말할 것도 없고 카페에서조차 낮은 잔을 사용했던 데 반해 OX는 목이 긴 머그잔을 사용했기 때문에 카페 OX의 명성은 아주 작은 카페임에도 이대생들 사이에서 금방 입소문을 통해 번져 나갔고 매일매일 문전성시를 이뤘다. 그리고 카페주인 병집은 일부 여대생들로부터 선망의 대상이 된다. 그러나 누나들 덕분에 여자 보는 눈이 꽤 까다로워진 병집에게 그들은 OX 카페가 좋아서 찾아주는 단골 손님들일뿐이었다.

"이거 내 명함인데요. 시간 날 때 한번 놀러 오세요." 병집이 그녀에게 처음 건넨 말이었다. 신촌에서 시내로 나가는 버스 안에서였다. 병집이 준집이라는 본명을 사용할 때 만났던 영은 이후로 처음으로 해본 프러포즈였다. 느닷없는 한 남자의 접근에 그녀는 살짝 놀라는듯했으나 좌석버스 안에 타고 있는 다른 사람들의 시선을 의식했는지 아니면 병집의 모습이나 행동이 나빠 보이지 않았는지 아무 대꾸 없이 병집이 건넨 정사각형 명함을 받아주었다. 그녀의 옆자리엔 친구인듯한 일행이 있어 병집은 더 이상 말하지 않고 원래 본인이 앉아있던 자리로 돌아왔다. 광화문 올리버 레코드에서 디제이 만경이 부탁한 조 월쉬와 알리스 쿠퍼의 원판 앨범을 사서 OX로 돌아온 병집은 무언가 아쉬운듯한 기분이 들었다. "만약에 전화가 안 오면 어떡하지? 레코드판이구 뭐구 그냥 쫓아갈껄 그랬나?" 그리고 나서 하루 이틀이 지나자 병집은 그 일을 잊어버렸다. OX를 찾는 다른 손님들에 대한 서빙으로 몸과 마음이 바빴기 때문이다. 그렇게 며칠이 지난 어느 날 그날도 카페 손님의 차 나르랴 계산하랴 바쁘게 움직이고 있는데 어디선가 한번 본듯한 여학생이 들어와 구석 테이블로 가서 앉았다. 보통은 여학생들의 특성상 두 명 내지 세 명이 함께 와서 자리를 차지하는데 그녀는 소리 없이 혼자 들어왔다. '누구였지? 누구였드라?' 주방 입구에 쟁반을 내려놓을 때 비로소 생각이 났다. '어이쿠야 그녀다!' 마침 학교 수업을 마치고 카페에 와서 무료알바를 해주고 있던 희태에게 홀 서빙을 맡기고 병집은 그녀가 앉은 테이블로 걸어갔다. "와주셨네요.", "안녕하세요." 그녀는 살짝 웃으며 병집이 인사에 화답해주었다. "안 오실 줄 알았는데", "왜요?", "너무나 예뻐서." 그녀는 다시 살짝 웃으며 "안 이뻐요, 저…."라고 대답했다. "뭐 드실래요?", "따뜻한 코코아 한 잔 주세요." 병집이 본인 대신에 열심히 차를 나르고 있는 희태에게 "희태야 여기 코코아 한잔 가져와라." 하였고 잠시 뒤 그가 그 테이블에 코코아를 내려놓고 갔다. "서울대 학생이네요.", "네, 제 후배입니다." 그녀의 물음에 병집이 그렇게 대답하자 그녀는 "아~" 하고 작은 소리를 냈다. "그날 놀라지 않으셨어요?", "네 조금은.", "그런데 어떻게 오셨어요?", "명함이 너무 예뻐서 와봤어요", "아아 이대 다니시나요?", "네 미대 응미과 이 학년이요." 서로의 대화는 잘 진행됐고 그녀는 그곳에 한 시간 정도 머문 뒤 다시 오마 약속

하고 카페를 떠났다. 그녀가 가고 난 뒤 희태가 병집에게 물었다. "형! 누구야?" 병집은 어깨를 으쓱하며 대답했다. "응 내 여자친구." 희태가 말했다. "형은 좋겠다. 근데 왜 난 없지?" 병집이 대답했다. "여자친구도 다 용기가 있어야 되는 거야." 병집의 그 말에 희태가 다시 대답했다. "나두 용기가 있단 말야 씨이~"

그날 이후로 그녀는 사흘이 멀다 하고 OX를 찾아와 주었다. 집에서 만들었다는 케이크도 가져오고 하교하며 학교 앞 그린하우스에서 사 왔다는 고로케와 도나스도 가져오고 덕분에 주방장도 만경이도 덩달아 그녀를 좋아했다. 하루는 그녀가 병집에게 생텍쥐페리Antoine Marie Roger De Saint-Exupéry의 어린왕자 이야기를 꺼냈다. 병집에게서 어린왕자 느낌이 난다고 하였다. 보아뱀 얘기와 소혹성 B612 별이 어떻고 사막여우가 어쩌고저쩌고, 어린왕자를 생텍쥐페리가 썼다는 정도는 풍월로 알고 있었지만, 그때까지 그 책을 본적이 없는 병집으로서는 참 난감한 주제였지만 병집은 눈치껏 대답을 해주며 자신의 무식함을 드러내지 않고 아슬아슬하게 그 위기를 잘 넘겼다. 그리고 급기야는 병집을 그녀의 집으로 초대하는 일이 발생한다. 홍익대학교 옆 마포구 창전동의 한 조용한 주택가에 자리 잡은 그녀의 집은 아담한 2층 양옥이었다. 그녀의 안내에 따라 현관으로 들어서니 거실 한쪽 벽면에는 각종 트로피와 함께 장군 복장을 한 군인의 초상화가 걸려있었다. 병집이 소파에 앉으며 "저분이 아버님?" 하고 그녀에게 물으니 "네." 하고 그녀가 대답하였다. 잠시 뒤 그녀의 어머니가 거실로 나오고 그녀는 병집을 서울대 휴학생이라고 소개했다. 병집은 자신의 입으로 서울대생이라고 한 적이 없는데 저녁 시간에 OX에 가끔 들러서 알바해주던 영어 회화 클럽의 후배 희태, 창주를 보고 그렇게 짐작한 모양이었다. 그녀 집을 다녀오고 난 후 병집의 마음속에는 조금씩 그녀의 존재가 부담으로 작용했다. 그래도 그녀와의 만남은 육 개월을 넘겼다. 겨울이 지나고 그다음 해 봄 창주가 서울공대 축제에 함께 갈 파트너가 없다고 했을 때 병집은 그녀에게 함께 다녀와 줄 것을 부탁했고 그녀는 병집의 부탁을 들어주었다. 그리고 창주와 공대 축제를 다녀온 후 병집을 대하는 그녀의 태도가 달라졌고 병집은 한편으론 슬프면서도 다른 한편으론 마음이 가벼워짐을 느끼며 그녀를 떠나보냈다.

애초에 병집이 그녀에게 명함을 건네줄 때는 그녀가 이대 미대생인 줄도 몰랐고 게다가 미대생이면서도 전교 1등을 하는 수재인 줄도 몰랐으며 테니스를 즐기는 낭만소녀일 줄은 더더욱 몰랐다. 버스에서 거리를 두고 앉았었음에도 감히 범접 할 수 없을 것 같은 고급스러운 느낌의 여자라는 정도의 감을 잡았을 뿐인데 그렇게까지 병집에게 오버 퀄러파이드 되는 여자인지는 몰랐던 것이다. 한 명은 병집이 매달리다 떠나보냈고 다른 한 명은 잠깐이나마 서로 사랑의 감정을 주고받을 수 있는 관계까지 갔는데 결국 병집의 자격 미달로 그녀를 떠나보내야 했던 것이다.

가수 이연실

　루미를 그렇게 떠나보내고 시원섭섭한 마음으로 다시 카페 장사에 매진하고 있던 어느 날 오후 시간에 카페 문이 벌떡 열리며 한눈에 봐도 평범한 차림의 여학생들과는 달리 화려한 옷으로 치장한 한 여자가 들어왔고 그 뒤를 따라 그다지 크지 않은 체구의 한 남자가 들어와 자신들이 앉을 자리를 찾았다. 잠시 당황한 병집은 그러나 그들에게 비어있던 테이블 한곳으로 안내했고 병집의 안내에 따라 좌석에 앉으려던 그녀가 병집 쪽으로 돌아서며 "혹시 양병집 씨?" 하며 물어왔다. "그런데요." 하고 병집이 대답하자 "아 반가워요. 저는 이연실인데요." 하고 말을 하며 먼저 악수를 청해왔다. 얼떨결에 그녀가 내민 손을 잡으니 그녀는 "저 모르시죠? 괜찮아요, 몰라도." 하며 스스로 문답을 마친 후에 병집이 내민 메뉴판을 살펴보고 고개를 갸우뚱 한 후에 함께 온 남자에게 "넌 뭐 마실래?" 하고 물었고 남자가 "맥주는 없네. 그냥 주스 마시지 뭐." 하니 "난 파인애플, 애는 오렌지로 주세요." 하였다. 병집이 그들이 주문한 주스를 쟁반에 들고 가 테이블에 내려놓으니 "거기 잠깐만 앉으실래요?" 하며 이연실이 말을 걸어왔다. 준집이 "잠깐만 쟁반 좀 내려놓고 올께요." 하고 말을 한 후 DJ 만경에게 홀을 부탁하고 이연실이 앉은 자리로 가서 그녀의 맞은편 의자에 앉으니 그녀는 대뜸 "유석이 오빠의 타박네 병집 씨 꺼죠." 하고 물었다. "네 그런데요." 하고 병집이 대답하니 "그런 곡 또 있어요?" 하고 물어왔다. "아뇨 없는데요. 왜요?" 하고 병집이 대답하자 "아이 아쉽네." 하고 말한 뒤에 그녀는 "곡은 좀 쓰세요?" 하고 다시 물어왔다. 그래서 병집이 "저는 곡을 잘 못 쓰고 주로 팝송만 불러요." 하고 대답하니 그녀가 잠시 무언가를 생각하는듯하더니 "그럼 병집 씨가 잘 부르는 팝송 중에서 몇 곡만 한국말로 바꿔줄 수 있어요?" 하고 물어왔다.

느닷없이 찾아온 손님이 그렇게 계속 질문을 해오자 슬슬 짜증이 나기 시작한 병집은 "저는 미국 포크송만 부르기 때문에 그럼 이만…"이라고 발뺌을 하며 그 자리에서 일어나 다시 홀서빙을 시작했다. 그러자 그녀는 잠시 뒤 함께 온 남자와 돌아갔는데 그다음 날에도 그다음 다음날에도 계속 찾아왔다.

그녀의 정성에 감동한 병집은 그녀가 세 번째 방문을 마치고 돌아간 날 밤 카페 OX의 DJ BOX로 들어가 그녀에게 줄 만한 곡들을 고르고 턴테이블을 반복적으로 돌리며 개사 작업을 시작했다. 로드 스튜어트Rod Stewart가 부른 「Amazing Grace」와 「Tomorrow Is A Long Time」이 메들리로 되어있는 곡을 시작으로 밥 딜런Bob Dylan의 「A Hard Rain's Gonna Fall」 등을 번역하기 시작했고 그렇게 시작한 그 작업은 일주일 이상 걸렸다. 이 주일쯤 뒤 이연실이 다시 찾아왔을 때 병집은 그녀에게 위의 두 곡을 포함해 PPM의 「Weep For Jamie」와 「Early Morning Rain」 등을 각각 '잃어버린 전설'과 '이 밤'이라는 제목을 붙여서 주었는데 그녀는 그 곡들에 대하여 대단한 만족을 하며 그 악보들을 들고 돌아갔다. 작사비나 수고비 같은 것은 없었고 대신에 그 대가로 그녀는 자신의 지방 공연에 종종 병집을 데리고 가서 자신의 앞 순서에 병집에게 노래할 수 있는 기회를 제공해주었다.

이연실의 앨범이 발매되고 그 속에 수록되었던 곡들 중에서 「소낙비」가 히트를 하자 오리엔트 나현구 사장은 이연실에게 물었다. "연실 씨 병집이 노래 들어본 적 있나?", "네 왜요? 판 내주시게요?", "글쎄 지난번에 반주하러 왔을 때 보니까 좀 희뜩한 게 있는 것 같기도 해서", "좀 특이하긴 하죠. 영어 발음이 좋아요.", "어떻게 생각해.", "그거야 나 사장님이 결정하셔야죠."

병집이 나 사장의 연락을 받고 성수동의 녹음실을 찾아가니 나 사장은 정민섭이라는 작곡가와 함께 차를 마시고 있었다. 나 사장은 병집에게 의자를 하나 내주며 "이 친구가 이번에 연실이한테 소낙비라는 노래를 써준 친구입니다. 병집 씨 인사해."라고 정민섭 씨를 가리키며 말했다. "처음 뵙겠습니다. 양병집입니다." 야전잠바에 청바지 차림의 병집이 어눌한 말투로 정민섭이라는 사람에게 인사를 하니 "어어 인사는 그냥 앉아요." 하며 정민섭 씨가 인사를 받았다. 그 자리에서 나 사장이 "이번에 이 친구 판을 내볼까 해서 불렀어요." 하고 정민섭 씨에게 말하니 "그럼 두 분 말씀들 나누세요." 하며 그는 녹음실 밖으로 나가며 자리를 피해주었다. "어이 미스터 양", "네.", "미스터 양 녹음해본 적 있나?", "네, 전에 내슈빌에서 한번.", "그래? 이번에 독집 한번 내볼래?", "글쎄요. 작품이 별로 없어서.", "얼마나 주면 돼?" 그 말을 듣는 순간 병집은 그가 돈 이야기를 하는 줄 알았다. "글쎄요.", "한 달 주면 준비해올 수 있나?" 병집은 그제야 그가 준비 기간을 얘기한다는 걸 알아챘다. "저는 작곡을 잘 못 하는데…", "알어. 이번에 연실이 것처럼 외국곡 번역해오면 돼.", "알겠습니다. 한번 해보겠습니다." 두 사람의 이야기가 끝나자 정민섭 씨가 다시 녹음실 안으로 들어왔고 병집은 나 사장이 모는 검은색 코로나에 정민섭 씨와 함께 올라타 서울운동장 근처의 고깃집으로 따라가 두 사람이 소주를 마시는 동안 콜라를 마시며 기다리다가 그들이 헤어질 때가 되어서야 자유의 몸이 되어 혼자 집으로 돌아올 수가 있었다. 그로부터 사 개월 후 그의 1집 〈넋두리〉가 나왔고 발매된 지 삼 개월 만에 금지곡 파동으로 판매 중지 되었다.

전유성의 등장

OX의 한쪽 구석에는 아주 작은 무대가 있었다. 마이크도 하나밖에 없었고 조그만 기타 앰프가 무대 한구석에 놓여 있었을 뿐이었다. 그래도 가끔 그곳에 내슈빌에서 가깝게 지낸 연대생 박두호가 와서 레오나드 코헨 노래를 해주었고 김추자와 동명이인인 여자도 이따금 들려 미국 포크송 몇 곡을 불렀으며 고호라는 예명을 가진 남자는 그 작은 무대에서 모노드라마를 하는 등 그런대로 이따금씩 작은 이벤트가 열렸었다.

그러던 어느 날 이연실을 따라 목포공연을 갈 때 함께 가면서 알게 된 전유성 선배가 OX를 찾아왔다. "어? 형! 어서 오세요.", "야 병집아!", "예 형.", "이번에 장회가 이대 강당에서 공연하게 됐는데 여기 하루만 쓰자." 병집보다 두 살 많은 전유성화법의 특징은 거두절미하고 본론으로 들어가는 것이다. 병집역시 부모가 평안도 출신이라 그런 화법에 익숙하기에 "언젠데

요?" 하고 물어보았다. "다음 주 일요일.", "그러세요." 그러한 두
사람의 대화가 끝나자마자 "나 갈께." 하며 전유성은 자리에서
일어나 들어온 지 십 분도 안 되어 카페 OX를 떠났다. 그리고
그가 말한 날 저녁 전유성을 필두로 콧수염을 기른 이장희가
두 명의 연주자를 대동하고 들어왔다. 이장희는 병집이 오비스
캐빈을 한 달 반 출연하고 잘렸을 때 저녁 늦은 시간, 골든아워
에 출연했던 가수이다. 그는 그건 너로 시작해 나 그대에게 모
두 드리리를 히트시키며 이미 유명 가수 반열에 올라가 있었다.
병집이 "어서 오세요." 하고 인사를 하니 그도 약간 허리를 굽히
며 "수고 많으십니다." 하고 인사를 한 후 함께 온 연주자들과
곧바로 연습에 들어갔다. 병집은 그들과 약간의 거리를 두고 그
들의 합주하는 모습을 지켜보았다. 그동안 자신도 그렇고 내슈
빌의 가수들도 모두 어쿠스틱이나 클래식 기타 하나만 들고 각
자 자신들이 제일 잘난 것처럼 노래하는 모습들만 보아 왔는데
전기기타와 베이스를 이끌어 나가며 자신의 노래들을 한곡 한
곡 연습해 나가는 이장희라는 사람의 모습에서 왠지 모를 카리
스마 같은 게 느껴졌다. "저 사람은 참 프로답구나." 하는 느낌
과 "나도 앞으로 어디 가서 노래를 하게 되면 쎄션맨이 필요하
겠네." 하는 깨달음도 가지게 되었다.

그리고 그들의 음악은 미도파 쌀롱에서 보았던 밴드들에게서
받았던 느낌과도 사뭇 달랐다. 대략 두 시간가량 연습을 하고

난 그들은 공연장소인 이대 강당을 향해 떠났다. 그 일이 있고 난 후 전유성은 가끔씩 OX에 들려주었고 자신의 친구들을 데려와 매상도 올려주었다. 그런데 그의 친구들 중 한 명이 병집의 선배들을 대하는 태도가 불량하다며 어느 날 밤 영업이 끝난 시각에 혼자 찾아와 병집에게 밤새 린치를 가했다. 그 바람에 그의 방문이 두려워진 병집은 후배들에게 가게를 맡기고 한 달 가까이 밖으로 떠돌아다녀야 했다.

천재의 조건

유신헌법 반대 데모로 최류탄에 뒤덮여 뒤숭숭하던 대학가와 달리 1974년 대한민국 유행의 메카 명동의 초여름은 활기가 넘치고 있었다. 그해 병집은 르씨랑스라는 혁신적인 음감실을 운영하는 이백천 선생님이 주최한 청평 페스티발에 참가하여 단체 버스를 타고 행사장인 청평에 도착했다. 주최 측으로부터 배정받은 방갈로 숙소에서 다시 연락이 닿은 명숙 그리고 새로 트리오 멤버에 가담한 용환과 함께 내일 무대에서 부를 곡들을 연습하고 있었다. "안녕하세요." 갑자기 문이 덜컥 열리며 발간 피부의 한 젊은이가 밝게 인사를 건네왔다. 병집 용환 명숙 세 사람은 노래를 멈추고 그를 바라보았다. "그냥 이 팀은 어떤가 궁금해서요." 병집은 어딘지 모르게 그가 낯이 익었다. "혹시 얼마 전 궁정동에서 만났던…" 병집이 그렇게 말하자 그도 "하하 맞다. 그때 베이스 기타를 들고 가시던…" 하고 맞장구를 쳐주었다. 병집이 "거기 서 있지 말고 문 닫고 들어오세요."라고 말하니 그는 넙죽 "그럴까요."라고 대답하며 신발을 벗고 병집 팀의 방안으로 들어왔다. "계속 연습하세요." 하는 그의 말에 세 사람은 다시 기타를 들고 「Puff」와 「Lemon Tree」의 화음을 맞추고 있는데 그가 병집쪽으로 손을 뻗더니 "제가 쳐볼께요." 하며 기타를 자신한테 달라는 시늉을 했다. 병집이 좀 불쾌하긴 했지만 그를 무안하게 할 수 없어 그에게 기타를 건네주었다.

세 사람은 다시 노래를 시작하였고 그가 용환과 함께 반주했는데 병집이 치는 것과 느낌도 다르고 훨씬 더 화려한 소리를 내었다. 연습을 마치고 세 사람 다 그의 기타 솜씨에 감탄을 하며 이름이 뭐냐고 물으니 최성원이라고 하였고 어느 학교 다니냐 물으니 고려대학교라고 하였다. 결국 다음날 무대에서는 함께 하지 못했지만, 그때 그 일을 계기로 병집과 성원은 서로 연락을 하며 친한 사이가 된다.

하루는 병집을 만난 성원이 이상한 제안을 해왔다. "형, 우리 심심한데 곡 쓰기 시합이나 할까?" 그의 그런 갑작스러운 말에 병집은 속으로 적잖이 당황하긴 했지만 그렇다고 거절하기도 뭣하여 엉겁결에 "그럴까?" 하고 대답을 하였다. "형! 지금부터 각자 삼십 분 주고 그사이에 쓰면 되는 거야 알았지?", "응, 그래 알았어." 두 사람은 각자 기타를 들고 서로 뒤돌아 앉아 곡 쓰기 즉 작곡 시합을 시작하였다. 병집은 마이너 곡을 선택했다.

"어두운 밤이 찾아와 방문 앞에서 잠이 들고 퇴색한 나의 책들
도 엎드린 채로 잠이 들면…." Am, E, C, E7 이런 식으로 병집
이 자신의 곡을 반쯤 써 내려 갔을 때 그가 "형 나는 다 썼어."
하였다. 병집이 깜짝 놀라며 "기다려 난 아직 반도 못 썼어." 하
고 말하니 "그래? 알았어 그럼 하나 더 쓰지." 하며 오선지를 향
해 엎드렸다. 삼십 분이 지나고 병집이 기지개를 켜며 "아 다 썼
네." 하고 말하니 그가 "어디 한번 불러봐." 하며 재촉했다. 병집
이 "제목은 다음 날 아침이야." 하며 기타를 잡고 방금 작곡을
마친 자신의 노래를 부르자 그 곡을 다 들은 성원이 "흠 괜찮
네! 좋은데?" 하며 칭찬을 해주었다. 이번엔 병집이 "니 꺼 한번
불러봐."라고 말하자 그는 서슴지 않고 "내가 찾는 아인 흔히
볼 수 없지 넓은 세상 볼 줄 알고 작은 풀잎 사랑하는 워 흔히
없지 예 볼 수 없지~" 하고 불렀다. 노래의 분위기는 도노반
Donovan의 「Colors」 같은데 음색은 폴 사이먼Paul Frederic Simon과
비슷해 병집은 또 한 번 크게 놀란다. "아, 얘는 모자르트처럼
천부적으로 음악성을 타고난 애구나."

그날 그는 병집의 옆에서 파랑새라는 노래도 작곡을 하여 병
집에게 들려주었다. 병집은 어렸을 때 자신보다 그림을 훨씬 더
잘 그리고 공부도 잘하는 박관욱을 통하여 상대적 천재성을 인
정하는 법을 깨달았지만, 한동안 잊고 있었는데 이번 일을 통

하여 다시 한번 자신이 가진 음악성은 평범과 비범 그사이에 자리하고 있음을 깨닫게 된다. 중학교 때 실시한 IQ 테스트에서 병집의 점수는 135였다.

김유복, 김정호, 김현식

○

    결국 충무로의 내슈빌은 문을 닫았다. 그리고 얼마 뒤 어느 흐린 날 저녁 병집이 유복을 따라 반포에 있는 한 아파트로 가니 중년의 낯선 여자가 유복과 병집을 반갑게 맞이했다. 거실엔 커다란 음식상이 차려져 있고 박두호와 최성화 등 내슈빌에서 노래하는 가수 몇 명은 이미 도착해 있었다. 유복이 착석하자 본격적인 음식과 술이 나오기 시작했고 병집은 눈치껏 두호 옆 구석자리에 앉았다. 병집은 말없이 식사하며 그들이 나누는 대화를 통해 내슈빌의 주인이 바뀌었다는 것을 알게 되었다.

    새로 문을 연 내슈빌은 명동대로 한복판 금강제화 건너편에서 약 100m 위쪽에 위치한 4층 건물의 3층이었다. 옅은 밤색의 벽면을 따라 극장식으로 약간 경사진 바닥에 좌석들은 일렬로 배치되어 있었고 정면에 무대가, 후면에 DJ BOX가 자리하고 있었다. 신장개업을 축하하는 공연에 출연하기 위해 얼마 전에 산 야마하 FG-250을 들고 신 내슈빌에 도착한 병집이 유복의 안내로 무대 옆 대기실로 들어가니 낯설지만 어디선가 본듯싶은 얼굴의 가수가 한 명 앉아있었다. "서로 인사해. 여긴 김정호. 여긴 양병집." 그제야 병집은 그가 그 당시 「이름 모를 소녀」를 대히트시킨 가수 김정호임을 알게 되었다. 김정호는 원래쉘브르 출신 가수였는데 그날의 축하 공연을 위해 특별히 초청된 듯하였다. 그 후로 병집과 정호는 몇 번을 만났으나 김정호의 방송 활동이 많아지면서 서로 간의 왕래가 자연스럽게 끊어지게 된다.

포크음악이 가요계의 대세가 되고 통기타 가수들이 중심으로 자리 잡자 명동 곳곳에 그들을 출연자로 초대하여 운영하는 생맥주 업소들이 곳곳에 생겨나기 시작했다. 미도파 백화점 건너편의 금수강산을 비롯해 퇴계로 쪽의 선로즈 충무로의 썸싱. 여태껏 술집 출연 경험이라고는 오비스 캐빈 출연 두 달 만에 잘린 병집은 역시 새로 생긴 음악감상실 르 씨랑스에 매주 목요일 고정 출연하는 게 가수 활동의 전부였다. 그런데도 지난 겨울에 월간 스테레오라는 잡지사에서 주최한 국립극장 공연에서 송창식, 윤형주, 오니언스, 김민기 등과 함께 같은 무대에 오른 덕분이었는지 코리아나 백화점 5층에서 있었던 맷돌이라는 프로에 몇 번 출연한 덕분인지 그것도 아니면 성음에서 나온 〈넋두리〉 앨범 때문인지 이제 병집의 이름도 포크음악을 하는 후배 가수들에게 꽤 실력 있는 가수로 알려지기 시작했다. 르씨랑스 출연 시간을 기다리며 시간을 때우려 들렀었던 썸싱에서 정광태와 김현식 그리고 자신을 이장희의 동생이라 소개한 이승회 등으로부터 환대를 받는다. 광태와 승회는 인사만 하고 자리를 떠났는데 현식은 병집의 맞은편에 앉아 병집을 신기한 눈으로 계속 쳐다보며 말을 걸어왔다.

"식사했어요?", "아니 이제 먹으려고.", "뭐 드실래요?", "이 집 야채수프가 맛있어서 그거 먹으러 왔어." 그러자 현식은 웨이터를 불러 야채수프와 생맥주 두 잔을 시킨 후 "지난주에 르씨랑스에서 형 노래하는 거 봤어요. 와! 형 멋있더라." 그런데 병집의 눈에는 그렇게 말하는 현식이 더 멋있어 보였다. "무슨 소리야 내가 보기엔 자네가 훨씬 더 잘 생기고 멋있는데.", "아냐, 형. 난 그냥 딴따라지", "엉? 나도 그냥 딴따라야.", "에이 형은 밥 딜런을 하자나, 그거 아무나 못 해.", "글쎄, 그런가?" 병집이 야채슾을 다 먹고 계산하러 카운터로 향하자 현식이 이를 말리며 "형 그냥 가, 이거 내가 내는 거야." 그날 이후 현식은 병집을 후암동 자신의 집으로 초대하는 등 두 사람은 한동안 가깝게 지냈다.

또다시 누상동으로

○

　카페 OX로 병집의 아버지 양제을이 찾아왔다. "이제 집으로 들어오라. 그만하면 실컷 놀디 않았네." 아버지의 설득으로 병집은 카페를 정리하고 누상동 집으로 들어갔다. 동생 경집은 대학 입시 준비로 공부에 몰두하고 있고 아직 중학생인 여동생 혜경은 문 앞에까지 나와서 큰오빠의 귀가를 반겼다. "오래간만이야 오빠. 반가워." 2층으로 올라가니 독립을 한다며 OX카페 뒤쪽에 단칸방을 얻어 나가기 전 자신이 쓰던 침대와 책상과 책장 그리고 오디오 시스템과 올리브 나무 무늬가 들어가 있는 커튼까지, 자신의 방에 놓여있던 모든 것이 떠날 때 모습 그대로인 것을 보자 병집의 가슴이 뭉클해졌다. "그동안 바깥세상에서 맛보지 못했던 내 집의 안락함이 이런 것이었구나…" 하는 느낌이 봄날의 따뜻한 안개처럼 병집의 가슴을 파고들었다. 아래층으로 내려가 샤워까지 하고 나니 몸이 날아갈 듯 가벼워졌고 가정부 영희가 차려온 밥상을 마주했을 땐 감격에 겨운 눈물이 흘러내렸다.

사흘이 흘렀다. 바깥세상에서 쌓였던 그간의 피로들을 모두 씻어내려는 듯 병집은 이틀 동안 거의 대부분의 시간을 잠으로 소비했다. 가끔 잠에서 깨어나면 냉장고에서 주스를 꺼내 유리잔에 한잔 따라서 아래층 마당으로 나가 어머니가 키워놓은 꽃들을 감상하며 시간을 보냈고 외출이라고는 동네 슈퍼에 가서 빵이나 담배를 사 오는 정도였다. 아버지 제을이 퇴근하여 집으로 돌아오자 준집은 안방으로 들어갔다. "죄송합니다 아버지. 여기." 하며 OX를 팔아 받은 잔금 이백만 원이 들어 있는 봉투를 건네려 하자 "그거 너희 오마니한테 드리라. 난 필요 없다."고 하셨다.

병집이 흰 봉투를 다시 어머니께 드리니 아버지 옆에 앉아있던 어머니는 봉투를 열어보지 않고 "얼마가?" 하며 물어보셨다. 병집이 작은 소리로 "이백만 원." 하고 말씀드리니 그제야 어머니는 봉투를 열어보시며 그중에 십만 원짜리 수표 다섯 장을 꺼내 "엣다." 하며 병집에게 건넸다. 병집은 "이거 참!" 하는 소리를 내며 그 돈을 받았고 어머니는 "경집이한테랑 혜경이한테 십만 원씩 줘라."라고 말씀하셨다. "네." 하고 대답하고 병집이 일어나려 하자 제을이 "거기 좀 앉으라." 하셨다. 그 말씀에

"네." 하며 병집이 다시 제자리에 앉자 아버지는 "이제 어칼란?" 하셨고 "글쎄 모르겠어요."라고 병집이 대답하니 "음악 하는 친구 다 끊을 수 있갔어?" 하고 제을은 병집의 의사를 타진했다. 병집이 "노력해볼께요."라고 대답하자 제을이 마지막 말을 했다. "지금 당장 이발소 가서 머리부터 깍구 오라. 그리구 그거 거렁뱅이 같은 청바지는 벗어 버리구 내일부터 날 따라 나오라우." 청천벽력 같은 아버지의 말씀에 잠시 할 말을 잃었지만 반항해봤자 아무 소용도 없을 것이고 어차피 집으로 돌아올 때 각오한 바가 있기에 더 이상 속 썩여 드리고 싶지 않아 병집은 "네." 하고 간단히 대답한 후 고개를 숙인 채 안방을 나와 그길로 이발소로 향했다. 머리를 깎는 동안 병집의 눈에서 이번엔 서러운 느낌의 눈물이 흘러내렸다.

바람아 멈추어다오

병집이 다시 양복에 넥타이를 매고 아버지를 따라가니 이번
엔 을지로 입구에 자리 잡은 삼보라는 증권회사였다. 병집이
"음악을 한다, 카페를 한다" 하며 세월을 흘려보낸 사이 나까마
였던 김종묵이 성공을 하여 어엿한 증권회사를 차린 것이었고
병집의 아버지에게는 회장님이란 타이틀로 책상 하나를 내드린
상황이었다. 그사이 도로국채 등 채권 사업은 사양화되어 있었
고 이제는 그 자리를 어음이 차지하고 있었다. 삼 개월이 지불
만기인 약속어음은 진성어음과 융통어음으로 나누어져 있었는
데 상대방의 일을 하거나 물건을 납품하고 받는 진성어음은 발
행 액수가 제각각으로 일정하지 않았으나 대기업들이 자금 조
달을 위해 발행하는 융통어음은 거의 한 장에 천만 원으로 발
행자만 다를 뿐 액수가 통일돼 있었다. 이제 다시 주변인들로부
터 병집에서 준집으로 불려지게 된 병집은 또다시 아버지의 돈
심부름꾼이 되어 이회사 경리과에 가서 어음을 받아오고 어떤

때는 저 회사에 돈을 전달하고, 증권회사로 진성어음을 들고 직접 찾아오는 고객의 경우에는 이자율을 계산해서 액면가에서 그만큼의 선이자를 떼어내고 나머지 금액을 지불하고, 뭐 그런 일이 일과의 전부였다. 그리고 그런 일을 하면서 일 년이란 세월이 또 흘러갔다.

그렇게 다시 명동 증권거래소 골목의 사람들과 어울려 그 생활이 익숙해질 만할 때 OX에 찾아와 알게 된 가수 이연실이 놀러 왔고 그 뒤로 최성원, 임용환 등이 명동에 나왔다가 한 번씩 연락을 해왔다. 그러나 나 사장과 제작해 성음에서 나온 LP는 판매금지를 당했고 〈넋두리〉 앨범에 수록된 곡들은 거의 전부 방송금지를 당했다. 대마초 파동에도 연루되었던 병집은 감옥까지는 안 갔어도 수사관들에 연행되어 수갑까지 차고 서부정신병원에 갇히는 곤욕까지 치뤘기에 이제 두 번 다시 음악을 안 하겠다고 굳게 결심하고 있었기 때문에 마음이 흔들리지는 않았다.

그런데도 경기도 평택에서 올라왔다는 정태춘이라는 젊은 친구로부터 연락이 왔을 때는 만나러 나가지 않을 수 없었다. 왜냐하면 그 얼마 전에 가요계에서 영국 신사라고 불리는 최경식 선생님의 당부 말씀이 있었기 때문이었다. "민기가 서울에 없어서 병집 씨에게 연락드린 건데 꼭 한번 만나보세요."라고. 그가 손으로 그려서 가져온 악보 하나와 카세트테이프에 담아온 노래들을 보고 듣는 순간 병집은 닭살이 돋아나올 정도로 놀라지 않을 수 없었다. 나이는 자신보다 네 살쯤 어리다는데 작품들도 그렇고 성품도 그렇고 병집은 그가 자신보다 더 어른스럽다고 느껴졌다. 그러나 이제는 자신도 가요계를 떠나있는 몸이라 병집은 태춘을 자신의 앨범을 제작했던 나현구 사장에게 소개만 하는 걸로 그 일을 마무리했다.

그해 여름 병집에게는 일생일대의 큰 변화가 찾아온다. 어머니를 닮아 타고난 고도근시로 국민학교를 입학하면서부터 쓰기 시작했던 안경을 벗어 던지고 콘택트렌즈라는 새로운 현대의학의 발명품을 사용하게 된 것이었다. 그 렌즈 하나로 우중충하던 그의 외모가 달라지자 그에게 관심을 두지 않았던 주변의 여자들이 하나둘씩 그에게 호감을 보이기 시작했다. 그것은 병집에게는 놀라운 변화로 받아들이지 않을 수 없었다. 국민학교에 입학하면서부터 그때까지 주변의 친구들로부터 "네 눈깔" 또는 "안경잡이" 등의 호칭으로 적지 않은 친구들로부터 놀림감의 대상이 되어왔던 자신이었는데 이제는 자신이 먼저 다가가지 않아도 상대방들이 자신에게 관심을 보인다는 사실 자체만으로도 병집은 너무나 기뻤다.

아버지의 심부름으로 동양투자증권에 가면 미스 리가, 어쩌다 가끔 이제는 후배들이 주를 이루는 영어 회화 모임에 가도 남녀 후배들이 그를 살갑게 대해주었고 심지어는 회사를 퇴근하고 일주일에 세 번씩 가는 학원의 회원들에게조차 그는 그들로부터 존재감을 인정받기 시작했다. 먼저 대쉬를 시작해온 건 동양투자의 미스 리였다. "양 선생님. 이번 주말에 저랑 영화 보러 가실래요?" 병집은 마다할 이유가 없었다. 왜냐하면 그녀는 그곳에서 가장 빼어난 미모를 가지고 있었기 때문이다. 함께 영화도 보고 종로의 반줄 같은 고급레스토랑에 가서 식사도 하고 병집이 마음만 먹으면 호텔행도 가능할 정도였다. 그러나 어느 날 그녀가 먼저 결혼이야기를 꺼내며 병집 아버지가 이미 자신의 시아버지가 다된 듯 "내가 결혼을 하면 회장님을 더욱 잘 모시겠다." 하는 소리를 들었을 때 병집은 "아차 이 여자가 나보다 우리 집 재산에 더 관심이 있구나!" 하는 것을 깨닫고 그 후부터는 동양투자에 가는 것을 멈추었다. 클럽 후배로부터도 연락이 왔다. "오늘 뭐 하세요?", "글쎄요, 아직은 특별히.", "저랑 야구 보러 가실래요?", "그럴까요?" 그날 병집은 야구를 보는 대신 그녀와 인천을 다녀왔는데 귀염성 있는 미모에 성격이 무척 외향적인 그녀는 그날 밤 병집의 호텔로 가자는 제의를 아무런 거부감없이 따라주었고 그 후로 얼마간을 병집과 사귀다 병집의 영어 실력이 자신보다 훨씬 못하다는 걸 알아채고 난후 절

교를 선언하며 떠나갔다. 그러나 그 후로도 몇몇 여자들의 대
쉬는 병집에게 계속되었다.

허쉬냐 피아노냐 그것이 문제로다

사채시장의 큰손 장영자가 연루된 '공영토건 부도사건'이 터지면서 제을은 사무실을 삼보증권에서 태평증권 안으로 옮겼다. 이유는 여러 가지 있지만 제을은 "공영토건 어음에서 냄새가 난다."고 하였고 그것에 관하여 김종묵 사장과 약간의 의견 차이가 있었던 것 같았다. 아버지를 따라 태평증권에 취직하게 된 병집은 준집이라는 본명으로 그 회사 사원이 되었고 증권분석사가 되기 위한 공부를 시작하였다.

준집이 증권회사에 취직됐다는 소리에 외숙모를 비롯해 여러 곳에서 소위 '선'이라는 게 들어오기 시작했다. "준집이 오마니.", "예.", "준집이가 올해 몇입네까?", "글쎄, 올해 스물일곱이지요. 아마.", "이제 장가보낼 때도 되지 않았습네까?", "왜요? 어디 좋은 색싯감이 있어요?", "내 친구 딸아이가 학교는 고등학교밖에 나오지 않았지만 아주 야무져요. 인물도 그만하면 괜찮고.", "그래요 그럼 한번 줄을 놔 보세요." 그런 식으로 여러 군데서 연락이 왔다. 주말이 가까워지면 오늘은 로얄호텔 커피 숍 내일은 사보이 호텔 일요일은 메트로 호텔. 그러나 준집이 대학중퇴라는 걸 알아서인지 선 자리에 나오는 여자들 모두 고졸 아니면 준집처럼 대학을 다니다 그만둔 여성들이었다. 학력은 그렇다 쳐도 외모가 대부분 준집이 좋아하는 스타일도 아니었지만, 그보다도 어떤 여자는 너무 드센 것 같고 어떤 여자는 너무 내숭과의 여우 같고 또 어떤 여자는 목소리가 너무 이상하고 아무튼 열 번 가까이 선을 보는 동안 준집의 마음에 드는 여자는 단 한 명도 없었다.

하루는 퇴근을 하여 불어학원에 들렀다가 집에 가는 택시에서 귀엽게 생긴 여자와 합승을 하게 됐는데 서로 말을 주고받다가 그녀에게 연락처를 주게 되었고 그다음 주말 그녀로부터 연락이 와 약속장소로 나가니 혼자가 아닌 자신의 단짝 친구와 함께였는데 키도 컸지만, 외모가 영화 〈로미오와 줄리엣〉의 배우 올리비아 허쉬 느낌이 났다. 택시 합승에서 만났던 여자는 모 여자대학을 졸업했다는데 올리비아를 닮은 여자는 M대학을 일 년만 다니고 집안 사정도 있고 자신도 공부하는 게 싫어 그만뒀다고 말했다. 그런데 준집은 그 말이 그렇게 귀에 하나도 거슬리지가 않았다. 아니 도리어 동병상련의 동질감을 느끼며 그녀에 대해 더욱 친근감을 가지게 되었다. 키도 충분히 크고 가녀린 몸매에 계란형 얼굴 시력 1.5 이상이라는 그녀의 예쁜 눈, 거기다 남자의 보호 본능을 일으키기에 충분한 그녀의 수동적 태도까지, 그동안 준집이 찾고 있던 아냇감에 많은 부분이 부합되는 조건을 갖추고 있는 것 같았다. 그러나 처음 한동안은 합승녀에게 "사실 당신의 친구를 좋아한다."라고 말을 할 수 없어서 셋이 함께 만나곤 했는데 택시에서 만났던 친구가 개인 사정으로 못 나온 날 준집은 허쉬를 닮은 여자에게 청혼하였고 그녀도 준집의 청혼을 흔쾌히 받아들였다.

약혼식 준비에 대해 의논을 하기 위해 종로 삼일빌딩에 있는 약속 다방에서 명희를 만나기로 한 날 준집은 약속 시간보다 좀 일찍 도착하게 되었는데 무대 위에서 한 여인이 피아노를 연주하는 모습을 보게 된다. 잠시 뒤 명희가 도착했는데, 그런데도 병집이 넋을 잃고 무대 쪽을 바라보자 명희도 고개를 무대 쪽으로 돌렸다. "어머 저거 혜진이 아니야?" 명희가 말했다. 피아니스트가 연주를 마치고 무대에서 내려오자 명희는 혜진에게로 다가가 그녀를 데리고 준집이 있는 테이블로 와서 준집에게 소개를 했다. 그날 집으로 돌아온 준집의 눈에는 명희 대신 그 피아니스트의 모습이 아른거렸다. 그리고 다음 날 준집은 퇴근 후 꽃다발 하나를 사 들고 약속다방으로 달려갔다. 혜진은 준집의 꽃다발을 받아주었다. 그날 이후 사귀는 남자가 없었던 그녀는 준집과 몇 번 데이트를 했는데 이 사실을 눈치 챈 명희가 길길이 날뛰며 두 사람을 갈라놓는 바람에 음악이라는 매개체로 인해 서로 마음이 끌리고 말도 잘 통했던 두 사람은 결국 아쉬움을 남긴 채 헤어져야 했고 준집은 할 수 없이 명희와 양쪽 집안이 잡아놓은 순서대로 약혼식과 결혼식을 하게 된다.

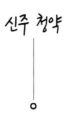

신주 청약

준집의 아버지 제을에게는 어느 때부터인가 오뚜기란 별명이 붙기 시작했다. 일본 식민지 시대에 태어나 조실부모하고 계모 이인영 밑에서 자라 십오 세에 중학교를 졸업하고 남의 집 전방 사환으로 들어갔다가 십구 세에 처음으로 쌀장사를 시작했다. 워낙 천성이 착하고 신용이 좋아 자신만의 미곡상을 차려 승승 장구했으나 일본인들이 조선인들에게 나눠준 양곡표를 사들여 매점매석했다는 죄목으로 육 개월의 옥고를 치룬 후부터 일체 의 불법을 저지르지 않았던 그는 북한에 공산정권이 세워지며 자신의 재산이 몰수를 당하자 남한으로 내려와 그보다 먼저 남 하하여 자리를 잡고 있던 친척들과 재기를 위해 다시 사업에 뛰 어들었고 미군에게 납품하고 있던 손아래 동서와 동업을 하며 잘나가는 듯 했으나 6.25 전쟁이 터지며 또다시 서울의 전 재산 을 버리고 부산으로 피신을 하였다. 그 후 서울이 수복되고 회 현동에 남겨두었던 가옥을 처분하여 다시 사업을 시작한 그는 그 뒤로도 여러 차례 흥망을 거듭했음에도 그때마다 타고난 기지를 발휘하여 재기에 성공하였던 것이다.

유가증권 관련 사업으로 재산이 좀 모이자 누상동 집을 처분하고 강남의 삼성동에 큰 평수의 2층 양옥집을 마련하기도 했다.

한편 한국 외국어대학을 졸업하고 대한항공에 다니던 준집의 동생 경집은 스위스로 유학을 떠났고 큰아들도 결혼을 하여 근처의 차관 아파트로 분가를 하여 커다란 집안엔 막내딸 혜경이만 남게 되었다. "나 이거야 원, 자식들이 다 나가고 나니 적적하구만." 저녁상을 물리고 거실로 나와 담배를 한 대 피던 제을이 혼잣말을 하였다. 그러자 그 말을 들은 막내딸이 아버지에게 한마디 하였다. "희열이 오빠를 들어오라 할까요?" 그러자 부엌에서 가정부를 데리고 설거지를 같이 하던 어머니 경패가 거실로 나오며 한마디 했다. "그건 안 된다. 결혼 전까지 남녀는 유별해야 한다." 혜경의 가정교사였던 희열은 혜경에게 공부를 가르치는 몇 년 동안 서로 정분이 나서 결혼을 약속한 사이였다. 거실에서 두 사람의 말을 듣고 있던 제을이 한마디 거들었다. "그럼. 나두 네 오마니 데려오는 데 삼 년이 걸렸시요. 기나저나 그 아인 요즘 뭐 하네?" 그 말에 혜경이 냉큼 대답했다. "현진이라구 작은 건설회사 다녀요." 그러자 경패가 무슨 생각에서인지 두 사람의 대화를 막는 듯한 한마디를 했다. "당신은 알 것 없어요. 내가 다 알아서 할 테니." 그 말에 제을은 어이가 없다는 듯 "아니 내가 무슨 말만 하면 기렇게 면박을 주나? 나 이거야 원 에이!" 하면서 제을은 거실 소파에서 일어나 안방으로 들어갔다. 안방으로 들어온 제을은 준집에게 전화를 걸었다. "뭐 하네?", "네, 그냥 집에 있는데요.", "이리 좀 건너오라.", "네, 알겠습니다." 일요일을 맞아 밖에서 아내와 점심을 먹고 돌아와 자신의 집에서 쉬고 있던 준집은 아버지의 호출을 받고 아내와 함께 본가로 향했다.

"저 왔습니다." 안방 문을 들어서며 준집이 그렇게 인사를 하니 제을은 앉으라고 한 후에 거두절미하고 본론을 얘기하였다. "이번에 자본시장 공개하면서 신주청약이 있어요.", "네, 압니다.", "너 친구들 많지?", "네, 좀 있는 편이지요.", "그래서 얘긴데 가서 친구들 명의 좀 빌려오라", "네?", "내일 회사 나가는 대로 청약서 종이 줄 테니까 친구들한테 가서 도장 좀 받아오란 말이다.", "몇 명이나요?", "아 그거야 많을수록 좋지." 그리하여 준집은 그다음 날부터 서울의 가까운 친구들부터 찾아가 청약서 종이에 도장을 받은 후 멀리 일동에서 육군 대위로 근무를 하던 옛친구 정광모한테까지 가서 신주청약서 다섯 장을 받는 등 모두 삼십 장이 넘는 신주청약서를 받아 아버지께 갖다 드렸다.

임용환을 찾아가다

주변의 여러 가지 여건상 자의 반 타의 반으로 결혼을 하긴 했으나 천성이 자유분방한 준집은 매일 똑같이 반복되는 생활 패턴을 견딜 수가 없었다. 신혼 초 처가와 본가 친척들을 찾아가 틀에 박힌 인사말을 나누고 최소 한 시간에서 세 시간까지 서로 하하, 호호 하며 즐거운 척하는 예법이 준집의 행동 스타일과 너무도 맞지 않았고 회사에 나가도 서로 대화도 나누고 점심도 함께 먹으러가는 일반사원들과는 달리 매일 아버지 양제을의 따까리 노릇에서 벗어날 수 없는 자신이 너무 한심하고 지루하다는 생각에 빠지기 시작한 준집은 어느 날 부산에서처럼 약국 몇 곳을 전전하며 다량의 수면제를 산 후 그로부터 며칠 뒤 결심이 확고해진 날 그 약들을 먹었다. 그러나 이번엔 그의 아내가 이상해진 그를 발견하고 빠른 조치를 하는 바람에 그의 지구 탈출 시도는 미수에 그치고 말았다. 다시 마음을 고쳐먹고 낚싯대 두 개를 사서 함께 낚시를 하러 가자고 그래도,

퇴계로 남대문시장에 가서 등산복 두 벌을 사서 등산을 하러 가자고 그래도 처음 한 번만 따라나서고 그다음부터는 "당신만 다녀오세요."를 반복하는 마누라에 지쳐 하루는 회현동 회현아파트에 사는 용환이를 찾아갔다. 준집보다 세 살 위인 용환은 우석대를 졸업하였는데도 취직도 안 되고 그때까지 애인도 없어서 결혼을 못 하고 있는 상태였다.

그와 가수 한대수가 얼마나 친한지까지는 병집(준집)으로선 알 수 없지만 그는 한대수의 1집 〈멀고 먼 길〉에서 리드기타를 쳤던 실력자였는데 병집이 명동의 또 다른 음악감상실인 르씨랑스에서 노래를 할 때 찾아와 자발적 찬조 출연을 하며 그때부터 알게 됐으나 병집보다 세 살이 많음에도 서로 친구로 지내자고 먼저 제의를 해와서 그때부터 친구처럼 지내게 된 사이였다. 그리고 그 또한 병집 못지않게 기행을 마다하지 않는 성품을 가졌는데 독실한 기독교 신자인 어머니를 따라 교회에 갔다가 적당히 믿고 사는 다른 신도들과 달리 성경 말씀에 깊이 빠져들어 길거리의 예수쟁이 비슷한 상태까지 간 적이 있다. 한 예로 그의 어머니가 미국에 사는 큰아들 집을 다녀오기 위해 집을 한 달 동안 비우게 되었을 때 그동안의 생활비로 그때 돈 이십만 원인가를 주고 떠났는데 그다음 날 그는 그 돈으로 성경책 여러 권을 사서 길에 지나가는 사람들에게 한 권씩 나눠주며 "예수를 믿으세요." 하며 오늘날의 명동에서 "예수 천국 불신 지옥"을 외치는 전도사 역할을 일찌감치 70년대 초반에 몸소 실천한 경험을 가지고 있는 선구자이기도 했다.

　다행히 그는 집에 있었다. "용환아!" 그의 집 아파트 문은 열려 있었다. 병집이 밖에서 그의 이름을 부르자 그는 러닝셔츠에 반바지 차림으로 나오며 "어 왔어?" 하며 굵은 목소리로 병집을 반겼다. "뭐 하구 있었어?" 하고 병집이 묻자 "응 미국에서 우리 형이 호너 하모니카 보내줘서…" 하며 노래 연습하고 있었다는 걸 간접적으로 표현했다. "신혼 재미 좋아?", "응. 그저 그래.", "너는 좋겠다.", "뭐가?", "너희 집이 부자라서 장가도 가고.", "야, 장가랑 돈이랑 무슨 상관이냐?", "상관있어. 나 봐라 나는 아직도 애인이 없잖냐." 서로 그런 대화를 나누다가 병집이 옆에 있는 여분의 기타를 들고 밥 딜런Bob Dylan, 닐 영Neil Young, 비틀즈The Beatles 등 그동안 부르고 싶어도 여건상 부를 수 없었던 노래들을 부르자 그도 함께 리드기타도 쳐주고 화음도 넣어주며 함께 놀았다. 그렇게 한 시간가량 노래를 하고 나니 십 년 묵은 체증이 풀리는 듯한 기분이 병집에게 찾아왔다.

사표

회사로 출근하니 임기섭 대리가 증권상담사들을 모아놓고 회의를 주재하고 있었다. 준집도 호출을 받아 그 방으로 들어가니 대충 이런 내용이었다. "어디 어디 주식에 작전세력들이 붙은 것 같은데 거기는 당분간 좀 오를 것이다. 여러분은 끼어들지 말고 수수료를 챙기려면 창구에서 A사와 B사 주식을 권유해 보라. 거기도 오르긴 며칠 더 오르겠지만 기관투매가 예상되니 몸조심들 해라."

이제 출범한 지 얼마 되지도 않은 시장에서 작전 세력이라니 거기다 자본시장 육성한다며 국민 모두에게 은행의 예금 대신 주식에 투자하라고 선전하여 신주청약 열풍을 일으켜 놓고 준집 본인처럼 주식에 '주'자도 모르는 사람들에게 단기간에 증권분석사 자격을 주어 회사의 가이드라인을 따르게 하다니. 원래 아버지의 심부름꾼으로 들어와 주식엔 문외한이긴 하지만 지난주 아버지 후배들 몇이 3층에 올라와서 재무부 이재국에서 나온 정보라며 "이제 곧 한국기계가 대우중공업으로 넘어가니 오늘이라도 매수 넣자."면서 남들보다 한발 먼저 사고파는 것을 목격한 준집은 회사 내부자들의 그러한 불공정거래를 보고 준집은 자신이 증권회사에서 일한다는 것에 대해 회의감을 갖기 시작했다.

하필이면 그날 오후 최성원이 찾아왔다. 궁정동 버스정류장에서 만나고 나중에 청평페스티발에서 한 번 더 만나며 친해진, 준집보다 3년 어린 후배인데 음악성이 워낙 좋아 음악에 관한 한 그의 말이라면 거의 다 들어주는 그런 관계의 친구였다. 그가 3층에 있는 준집과 그의 아버지가 같이 쓰는 사무실 문을 벌떡 열고 들어왔다. 보통의 경우는 아래층 객장으로 와서 준집을 찾으면 직원들이 안내하거나 내선으로 연락이 오는데 성원에겐 그런 게 다 거추장스러운 시스템일 뿐이었다. "어어떻게 왔어?", "응 그냥 지나다가 형이 보고 싶어서. 뭐 해?", "뭐 하긴 일하지.", "바뻐?", "아니 나가자." 준집은 아버지께 잠시 나갔다 오겠다고 외출 허락을 받은 후 1층 길 건너편 다방으로 향했다. 아직 여름이라 두 사람은 찬 음료수를 마시며 이런저런 얘기를 나누었는데 중간에 느닷없이 성원이 "형은 넥타이가 안 어울려."라고 말했다. 나름 고집이 센 편이라 자부하는 준집도 성원의 말에는 귀가 얇아지는데 그 말에 깜짝 놀란 준집은 "할 수 없어 회사에 다니려면." 하고 넘어가려는데 성원이 다시 "형은 음악 해야 돼."라고 하는 것 아닌가. 그렇지 않아도 지난번 용환이 집을 다녀온 후로 음악 생활을 하던 시절을 그리워하던 준집에게 그 말은 후덥지근하던 한여름 대낮에 갑자기 쏟아져 내리는 한줄기 소나기 같은 느낌을 주는 그런 말이었다. 그와 헤어지고 회사 계단을 올라오며 준집은 다음과 같은 혼잣말을 내뱉는다. "아, 쓰파 다 때려칠까? 내 적성에 맞지도 않는데?"

가야가 청개구리로

명동 내슈빌이 문을 닫는 바람에 무영과 유복은 서로 의기투합하여 신촌역 앞에 '가야'라는 상호의 음악감상실을 차렸는데 문연 지 얼마 되지 않아 무영이 홍천강에서 수영하다 익사하는 바람에 유복도 낙심하여 가야를 다른 사람에게 처분하고 미국으로 떠난다. 그로부터 일 년 뒤 그곳이 매물로 나왔다는 소식을 증권회사를 찾아온 누군가로부터 전해 들은 준집은 그날 퇴근 후 집에 가서 아내와 상담을 하였다. "싸게 나왔대. 그래서 내가 해볼까 그러는데 당신은 어떻게 생각해?" 준집의 갑작스러운 발언에 아내 명희는 당황해하며 "미쳤어요? 회사는 어떡하고?", "증권 일은 아무래도 내 적성하고 안 맞어. 아무리 공부해도 뭐 가 뭔지 모르겠어.", "아니 그래도 그렇지 그렇게 갑자기 그만두면 우리 생활은 어떡해요?", "우리가 벌어서 살면 되지.", "할 돈은?", "아버지한테 말해 봐야지", "보나 마나 반대하실껄", "그러시겠지."

아버지의 지시로 대진증권에 삼천만 원을 전달하고 온 준집은 심각한 얼굴로 아버지와 대화를 시작한다. "아버지.", "와.", "저 오늘 사표 낼라구요?", "뭐이?" 아버지 제을이 아연실색을 한다. "또 무슨 지랄병이 도졌네?", "지랄병이 아니구요. 아무래도 저하구는 적성이 안 맞아요.", "아니 돈 심부름 하는데 적성이 뭐이 필요하네?", "아니 어음 말구요", "그럼 뭐이가?", "주식이요.", "뭐 주식? 야 네가 주식하는 게 뭐이가 있네?", "그게 아니구 분석사 할래면 아무래도.", "이보라우, 그거야 그냥 따노래는 거지 내가 언제 주식하랬니?", "그게 아니구 아래층 직원들 보기두 창피하구." 대화가 거기까지 나가자 제을은 긴 한숨을 내뱉으며 "이제 좀 마음을 잡았나 보다 하면 또 요동을 치니 나 이거야 원.", "죄송합니다, 아버지.", "나도 이젠 모르갔다. 니가 알아서 해라. 자식새끼라는 게." 두 사람의 대화는 그렇게 끝이 났다.

부모 설득에 실패한 준집은 결혼할 때 부모님이 마련해준 차관 아파트를 팔고 그보다 값이 싼 한남동의 상아아파트로 옮기며 차액을 만들어 가야를 인수할 자금을 마련한다. 그러나 가야의 구조상 무대 만들 자리가 없어 부득이하게 부분 인테리어 공사를 해야 했는데 그 돈을 마련할 길이 없었다. 그는 본가의 어머니를 찾아가 설득작업을 시작했다. "그러니까 엄마가 아버지한테 말 좀 잘해줘." 어머니는 냉정하게 거절을 했다. "난 더 이상 너희 아바디한테 말 못 해.", "그럼 어떻게 해. 이미 다 계약했는데.", "난 모르겠다. 알아서 하라", "엄마.", "더 이상 듣기 싫다. 가보라." 이번에도 어머니 설득에 실패한 준집은 집으로 돌아와서 아내에게 사정 이야기를 했다. 아내 명희는 뭔가 잠시 생각하는듯하더니 "알았어요. 저희 작은고모한테 얘기해볼게요."라고 말했다.

상호를 청개구리로 한 것은 준집 자신이 평소 자신이 그러한 성격이라는 것을 스스로 인지하고 있다는 것을 반영한 측면도 있지만 한편으로는 뒤늦게 포크가수가 되고 난 후에 적지 않은 수의 선후배들이 YWCA 청개구리에서 활동했다는 것에 대한 일종의 열등의식 같은 게 작용하여 상호를 제2의 청개구리로 만들어 보고 싶은 욕심에 그렇게 지은 것이었으나 개업식 때 와서 청개구리라는 간판을 보신 준집의 어머니는 뭔가 알 수 없는 불안한 감정을 느끼며 "그렇게 내 속을 썩이더니만 간판도 청개구리라니, 차라리 금두꺼비라고 하지 쯔쯔."라고 한마디 하신 후에 개업식이 끝나자 곧바로 홀쩍 집으로 가셨다.

병집으로 돌아오다

○

그 밖에도 많은 우여곡절 속에 개업식을 마치고 청개구리의 문이 열렸다. 키가 백팔십이 넘고 얼굴이 얽은 주방장과 광주에서 올라왔다는 효선과 또 한 명의 웨이터 그리고 DJ는 가야 때부터 일을 했던 김대희를 그대로 채용했다. 오늘날에도 그렇지만 어딘가 새로운 라이브업소가 생겨나면 어디서 어떻게 소문을 듣고 찾아오는지 좌우지간 귀신같이 알아내고 가수들이 찾아온다. 처음에는 조덕환(들국화 원년멤버), 이영재 팀과 이주원이 출연했고 다음으론 겨울아이 등을 히트시킨 이종용도 다녀갔고 그다음으로 김현식과 이장희의 동생 이승희가 왔었다. 그러던 어느 날 저녁 시간에 ROTC 복장을 한 두 명의 남자와 좀 야릇한 분위기의 여자 하나 그리고 초등학생 느낌이 나는 젊은 이 한명이 들어와 맥주 여러 병과 마른안주, 과일 등을 시킨 후 삼십 분 정도 떠들고 놀다가 ROTC 복장을 한 학생 중 한 명이 준집에게 다가와 "혹시 양병집 씨 아니세요?" 하고 물었다. 준집이 "네 그런데요." 했더니 그가 "저희가 잘 알죠. 선배님 저희도 중앙대거든요."라고 했다. 준집은 그때까지 자신이 중앙대 출신이라는 생각조차 하지 못하고 있었다. 왜냐하면 자신이 들어갔던 대학은 서라벌예대였기 때문이다. "아 그래요? 반갑네요. 뭐부족한 거 있어요?" 하고 병집이 물으니 "아니 부족한 거 하나 없읍니다. 좋은데요. 그런데 선배님!" 그는 이미 술이 많이 취한 상태였다. "네, 말씀하세요." 병집이 대답하자 "부탁이 하나 있는데요. 저 친구 우리 대학에서 유명하거든요. 노래 좀 불러도 돼요?" 그들은 이미 맥주를 반 박스 정도 마셨고 음악인이라면 항상 너그럽게 받아들이는 마인드를 가진 준집이었기에 곧바로 무대에 올라가 마이크 시스템을 열어주었다. 처음에는 짐 크로스Jim Croce의 「Time In A Bottle」로 시작하더니 나중에는 자작곡들을 연달아 불렀는데 매우 듣기 좋아 그의 무대가 끝난 후 준집은 웨이터를 시켜 맥주 세 병과 스테이크 안주를 서비스로 보냈다. 그의 이름은 윤명환으로 후일 이태원이란 가수가 부른 「솔개」의 작곡자이며 준집도 다시 양병집이란 예명으로 활동을 재개하며 그의 작품 「오늘 같은 날」을 부르게 된다.

영업은 그런대로 잘되는 편이었다. 카페 장사라는 것이 무심히 볼 때는 쉬워 보이지만 주인의 입장에서 보면 이것저것 신경 써야 하는 것들이 일반인의 추측보다 많이 요구되는 업종이다.

OX를 하는 동안 물장사에 대한 요령을 어느 정도 터득한 준집이지만 청개구리는 그것보다 최소 네 배가 넘는 규모의 업소이고 OX는 단순히 커피와 그 밖에 음료수 몇 가지만 취급하면 되었으나 이제는 음식과 술과 안주를 내보내야 하고 거기에 무대까지 운영하기에 자칫 잘못하면 적자 나기 십상인 업종이었다. 그래도 주방장과 웨이터가 잘해주었고 특히 DJ 대회가 거기에 오는 학생들의 수준에 맞게 음악을 잘 틀어주었기에 주로 이대 음대 미대 체대생들과 연대생들이 단골로 많이 와준 덕분이었다. 그렇게 반년이 아무 탈 없이 잘 흘러갔다.

현식과 승희가 노래를 끝내고 명환이 무대에 오를 준비를 하고 있을 때 서대문구청 단속반원들이 들이닥쳤다. 누가 민원을 넣었던 것인지 아니면 일상적인 단속이었는지는 모르나 준집이 통사정하고 그것이 잘 안 먹혀들자 돈으로 해결을 해보려 노력했으나 허사였다. 다행히 벌금부과는 안 되었지만 무대를 철거하라고 하였다. 아니면 유흥음식점 허가를 받던지. 그 시절 법이 그랬고 법의 집행 방법이 그러했다. 준집은 그러한 한국적 현실이 안타까웠다. 무대를 없애는 것도 마음 아픈 일이지만 이제 겨우 자리 잡을 만해졌는데 또다시 실내장치 비용으로 조금 모아 놓은 돈을 다시 써야 한다는 사실에 앞날이 캄캄할 뿐이었다. 그러나 힘없는 서민이 저항할 수 있는 방법은 없었다.

그들의 지시를 따르는 게 그나마 영업을 계속해 나갈 수 있는 유일한 선택이었기에 실내공사를 다시 하였고 그 참에 상호를 'Tom's Cabin'으로 바꾸어 육 개월 가량을 더 영업하다가 그 업소를 인수하겠다는 작자가 나타나 서로 합의된 가격에 처분하였다.

아침이 올 때까지

정태춘은 「시인의 마을」과 「촛불」로 유명해지기 시작했고 조동진은 「행복한 사람」으로 오랜 무명생활을 끝내고 성공 가도를 달리기 시작했다.

신촌역 앞에서 처음엔 청개구리 그리고 나서 톰스 캐빈으로 상호를 바꿔 운영을 했던 업소를 정리하고 난 후 다시 아버지 밑으로 들어갈 수도 없었고 들어가기도 싫었던 준집은 그 당시 젊은이들에게 선풍적 인기를 끌고 있었던 산울림의 리더이자 맏형 김창완을 만난다. 그는 중앙고등학교 1년 후배이기도 했지만, 정태춘과 같은 레코드사 소속이었기 때문에 부탁의 말을 꺼내기가 쉬웠다. "창완 씨, 나 다시 음악을 좀 하고 싶은데…" 대중적 지명도는 그가 이제 준집 아니 병집보다 앞서 있지만 그래도 같은 고등학교 출신이라 그랬을까 그는 선선히 본인이 속해있는 대성음반사(그때까지는 서라벌) 사장 이홍주에게 병집을 소개했다. 취입료나 인세 계약 같은 것은 없었다. 다만 회사에서 편곡비와 녹음비 그리고 인쇄비를 부담하는 조건이었다. 그러나 병집의 예상보다 모든 과정이 빨리 진행되어 병집의 음악은 충분한 숙성과정을 거치지 못한 채 녹음이 되었고 중박 정도의 히트는 쳤다고 하나 전 국민이 알아챌 정도의 인지도는 얻지 못했다. 병집의 손에 들어온 건 아무것도 없었고 그 앨범이 시중에 도는 동안 몇 번의 라디오와 한두 번 텔레비전에 출연해 본 게 전부였을 뿐이었다.

병집이 바깥에서 그런 일을 하는 동안 제을은 제주도의 한라식품 이용상 사장을 만나고 있었다. 한라식품은 그 당시만 해도 한국에서 유일하게 일식우동에 들어가는 가쓰오부시라고 하는 식재료를 만드는 회사였다. 처음에는 이용상 사장과 동업을 하려 했으나 상대방이 제시한 조건이 제을의 예상보다 많은 액수여서 고민하고 있을 때 그의 아랫 동서가 제을에게 접근해 왔다. 그의 말은 본인도 제품을 생산해낼 수 있는데 자기랑 하면 이사장이 요구하는 금액보다 훨씬 적은 자본금으로도 제품을 만들어 낼 수 있다고 꼬드겼던 것이다. 경기도 성남에 공장을 임대하여 설비를 갖추고 배달용 자동차를 마련한 후 병집을 불렀다. "너 자동차 면호 있네?", "아뇨.", "따라.", "예.", "엣다.", "네." 사람들은 경상도 남자들이 말이 없다고 하지만 병집은 평

안도 사람들의 말꼬리가 더 짧다고 생각한다. 아무튼 이제 병집은 또다시 병집에서 준집으로 불리는 인생으로 살게 되었다. 이런 것도 기구한 팔자에 들어가는 것인지는 몰라도 이제 세 살이 되는 첫 번째 딸 윤정이와 이제 한 살이 된 윤경이 그리고 아내 명희, 이렇게 세 식구를 먹여 살리기 위해선 그 일이 무엇이든 준집은 해야만 했다.

구르는 돌

밥 딜런이 단순히 어쿠스틱 기타와 하모니카로 노래를 부르다 전기기타를 사용하기 시작하며 부른 노래 중에 대표곡으로 꼽히는 노래가 「Like A Rolling Stone」이라는 곡인데 내용을 간략히 설명하면 다음과 같다.

한때 너는 옷도 잘 입고 잘난 척하며

돈을 물 쓰듯 썼지, 안 그래?

주위 사람들이 그러다 망할 수도 있다 할 때

농담으로 생각했지

남들이 모두 치열하게 사는 것을 너는 비웃었고

자 이제 넌 큰소리도 못 내고

자 이제 잘난 척도 못하고

너의 다음 식사를 만들기 위해

좀 도둑질을 해야 하는 지금, 그 기분이 어때?

"지금 뭐 하세요?", "이름 짓고 이서.", "무슨 이름이요?", "회사 이름."

　준집이 아버지의 새로운 동업자 김기환과 함께 청계천에 가서 공장에 들어갈 자재들을 주문하고 공평동으로 옮긴 새 사무실로 들어가니 제을이 탁자에 엎드려 흰 종이에 붓글씨를 쓰고 계셨다. "에에 다 됐다. 어떻네?" 제을이 여러 장의 종이 가운데 한 장을 들어 그 모습을 지켜보던 두 사람에게 물었다. 준집이 말하기 전 김 사장이 먼저 대답했다. "네, 아주 훌륭한데요. 회장님." 준집은 "그게 무슨 뜻인데요?"라고 물었다. 이에 제을이 "보면 모르갔네. 고기 어 자에 맛 미 자 아니가, 어미산업!" 그러자 김 사장이 또 낼름 "네, 훌륭합니다. 아주 잘 지으셨네요." 하고 아부를 하였다. 준집은 김 사장의 그러한 태도가 영 맘에 들지 않았다. 처음엔 아버지의 동업자라고 하여 그러려니 하고 대접을 해줬는데 아까 청계천 7가에서도 그렇고 하는 짓거리가 뭔가 좀 이상했다. 어쨌든 저쨌든 그로부터 약 한 달간의 시간이 흘러 공장설비는 완성이 됐고 냉동창고에 보관되었던 가다랑어들도 공장으로 가져와 이제 제품생산만 하면 되는 단계까지 도달했다. 생선을 먼저 다듬고 삶고 그것을 다시 훈제실에 넣어 고열로 건조하고 그렇게 해서 나온 나무토막처럼 변한 가다랑어 순살 부분을 일본에서 수입한 료비라는 회사의 가쓰오부시 전용 전기 대패를 사용해 톱밥처럼 갈아내면 되는 것이었다. 그리고 최종적으로 플라스틱 포장지에 넣어 제품이 완성되면 그것들을 차에 싣고 거래처에 배달했는데 영업을 담당했던 준집은 거래처 확보와 배달이 주된 일이었다.

김 사장으로부터 한라식품 거래처 몇 군데의 이름(명단도 아님)을 받아낸 준집은 첫 생산품이 들어 있는 대형박스 여섯 개를 포 니웨곤 뒷좌석에 싣고 남대문시장을 향했다. 성남 야탑의 공장을 떠나 잠실 쪽으로 향할 때 라디오를 틀었는데 서유석의 「타박네」가 흘러나왔다. *"타박타박 타박네야 너 어드메 울며 가니~"* 그 노래가 준집의 귀로 들어오는 순간부터 준집의 가슴에는 방망이질이 시작됐다. 그리고 지난날에 있었던 그와의 악연이 하나둘씩 떠올랐다. 월간팝송 콘테스트 수상자들이 모여 성음레코드사를 방문하던 날 추운 마당에 홀로 앉아 지루함을 달래기 위해 그 노래를 부르고 있을 때 그가 가까이 다가와 "그거 무슨 노래냐?"라고 물어 "우리 엄마가 나 어렸을 때 불러주시던 노래."라고 하였더니 "그거 내가 좀 불러도 돼냐?" 하고 물어와 얼떨결에 "그러세요." 했는데 그 후로 아무 소식 없다가 자신이 한국말로는 「타박네」, 영어로는 「I Want To See My Mother」이라고 하여 판을 낸 것이다. 그러나 그때까지 LP 출반 경험이 없던 준집으로서는 그가 자신처럼 카페나 밤무대에서 부르겠다는 것으로 받아들였지 그 후 아무런 연락도 없이 음반에 수록할 줄은 꿈에도 몰랐기 때문에 무척 서운한 감정을 떨쳐버릴 수가 없었다. 게다가 어떤 월간잡지에 당시 이화여고 교장과 대담을 한 기사가 실렸는데 "타박네를 본인이 작사 작곡했다."라는 기사를 발견했을 때는 피가 거꾸로 솟는 것 같았다. 그의 노래가 끝난 후 상쾌하던 기분을 잡쳐버린 준집은 라디오를 끄고 소리 없이 차를 몰아 남대문 시장에 도착하였다.

남대문 쪽 출입구로 진입을 하니 길 한복판의 노점상은 없었지만, 리어카와 자전거와 오토바이 거기에 행인들이 뒤엉켜 아수라장을 방불케 했는데 그런데도 그 속에서 잠시 주차할 수 있는 공간을 찾아내어 주차를 마친 후 한 손에는 김 사장이 건네준 쪽지를 들고 또 다른 한손에는 견본품들을 들고 도매상들을 찾아 나섰다. "어서 오세요. 뭘 찾으세요?" 첫 집 점원이 그렇게 물어왔을 때 "저 여기 가쓰오부시 취급하시나요?" 하고 준집이 물으니 점원은 "네, 여기 있습니다." 하고 한라식품의 제품을 보여주었다. 준집 이 그 회사의 제품을 본 건 그때가 처음이었는데 붉은 계통의 단색으로 인쇄되어 있었다. 순간 약간의 자신감이 생긴 준집은 "그게 아니구요. 사실은 이번에 저희 회사에서 새로운 제품이 나왔는데요 한번 써보시라구요." 하며 오른손에 들고 있던 견본품을 내밀자 점원은 "아니 필요 없습니다" 하고 잘라 말했다. 그러자 뒤에 앉아서 두 사람을 지켜보던 나이 든 사장인 듯한 사람이 "어디 한번 봅시다." 하며 앞으로 나와 포장과 내용물을 훑어본 뒤 "놓고 가 보세요. 필요하면 연락할게요."라고 말했다. 준집은 "감사합니다. 사장님." 하고 인사하며 자신의 이름이 들어간 어미산업 명함과 견본품 두 개를 더 건네고 그 집을 나왔다.

제을이 사채시장을 떠나 식품 사업 쪽으로 뛰어든 것은 한국 금융 산업의 지각변동 때문이라고 할 수 있다. 박정희 정권하에서는 정부가 경제개발에 박차를 가하기 위해 국채 및 각종 공공채권으로 국가자본을 형성하려 했었고 전두환 정권 때는 여러 대기업들이 저마다 사세 확장을 위해 어음 발행을 많이 하는 바람에 급기야는 공영토건 어음 사태 같은 일이 발생하기도 했으나 그러는 사이 한국의 경제 규모도 기하급수적으로 커졌고 더욱이 증권시장이 일반 국민에게도 열리는 바람에 많은 투자자금이 금융권으로 몰리게 되면서 일반은행이나 증권사들뿐만 아니라 한국투자, 대신투자, 동양투자 등이 생겨나며 큰손들의 역할을 대신하는 바람에 제을도 평생 해온 오랜 사업 경험을 통해 이젠 사채업을 접을 때가 되었다고 판단하고 토지개발과 식품 사업 쪽으로 눈을 돌린 것이다. 그러나 토지개발은 나름의 성과를 거두었는데 식품 사업에서는 투자비를 아끼려다가 잘못된 동업자를 선택하여 중간에 접는 아픔을 겪었다.

　어미산업은 망했다. 그 사업의 실패로 제을은 일억 원이 넘는 재산손해를 보고 사업 일선에서 물러나는 결단을 내릴 수 있었고 돌팔이 공장장 김기환은 한라식품 이 사장과 원수지간이 되었다. 그 와중에 준집은 준집 나름대로 거둔 수확이 세 가지 정도 있었는데 그 첫째는 시장개척을 하는 과정에서 준집이 보여 준 영업능력을 인정 받았다는 점, 둘째는 부모님으로부터 이래라저래라 하는 간섭을 더 이상 받지 않게 됐다는 점, 그리고 마지막으로 세 번째는 영업하던 중간에 만든 노래 「우리의 김 씨」를 통해 자신도 어느 정도의 음악성은 갖고 있다는 걸 확인한 점이라 하겠다.

제을의 자식 사랑

　제을에게는 다섯 명의 딸과 두 명의 아들이 있었다. 그중 큰 딸은 한국에서 기자를 했던 사위와 호주에 나가 있고 셋째 딸은 음악 선생을 한 사위와 미국에서 살고 있으며 둘째 딸은 대기업의 전문경영인과 한국에서 잘살고 있으며 넷째 딸은 보안사 과장을 예편한 사위와 그리고 막내딸은 중견 건설회사를 경영하는 사위와 살고 있었다. 또한 준집의 동생 경집은 스위스에 유학 중이었다. 그렇게 놓고 본다면 다른 자식들은 모두 제 몫을 하며 다들 잘살고 있는데 본인이 가장 아끼고 애지중지 키운 큰아들만 아직도 제자리를 못 찾고 방황하는 듯 보였다. 거기다 이제는 장가를 들어 부인과 어린 딸이 둘씩이나 있는데 그들의 앞날을 생각하면 제을은 밤에 잠을 자다가도 벌떡 일어나 담배 한 대를 물어야 다시 잠이 들 수 있을 지경이 되었다.

　호주 시드니에서 교포신문을 발행하는 큰사위가 전동타자기 및 몇 가지 한국제품들을 구매하기 위해 한국을 방문했을 때 제을이 그와 저녁을 함께하며 큰아들의 문제를 상담하였다. "준집이 학벌이 저런데 이민을 갈 수 있을까?", "저와 제 집사람이 보증인이 돼서 초청장을 보내면 문제없을 겁니다. 다만 심사관과 인터뷰할 때 영어를 좀 잘해야 될 텐데." 큰사위의 그 말에 제을의 얼굴이 조금 밝아지기 시작한다. "거기가면 쟤가 벌어먹고 살만한 직장을 구할 수 있을까?", "저희 신문사에서 일하면 됩니다." 큰사위의 시원시원한 대답에 그제야 제을의 얼굴에 화색이 돌기 시작한다. "거저 자네만 믿네. 비용은 내가 다 댈 테니 그건 아무 염려 말고.", "네 알겠습니다. 장인어른."

이민을 하기 위해서는 유창한 영어가 필요했다. 그러나 고등학교 이후 꾸준하게 책을 읽어본 적이 없는 준집은 호주로의 이민을 앞두고 어찌해야 단기간에 언어 실력을 끌어 올릴 수 있을지 도저히 엄두가 나지 않았다. 오냐 일단 영어 회화부터 시작해보자. 그는 종로에 있는 한 학원에 등록하고 중급 레벨의 반으로 들어갔다. 어림잡아 칠팔 명으로 구성된 클래스 안에서 원어민 선생은 준집의 영어 실력을 우수한 편으로 인정해주었다. 아마도 십여 년 전 미문화원 안에 있던 영어 회화 클럽에서 대학생들과 어울려 놀았던 시간과 팝송을 남들보다 좀 더 잘 부르기 위해 발음에 신경을 많이 쓴 덕분인 것 같았다.

큰사위가 시드니로 돌아간 지 한 달 만에 초청장이 날라왔고 그것을 바탕으로 모든 일이 일사천리로 진행됐다. 호주대사관에서의 인터뷰도 호평을 받으며 통과되었고 난생처음 본인의 사진이 들어간 여권이라는 것도 발급받아봤으며 호주로 보낼 이삿짐 발송도 모두 마쳤다. 이제 내일모레 떠나기만 하면 된다. 준집은 손에 쥐고 있던 비행기 티켓을 다시 한번 쳐다본 후 양복 안주머니에 조심스럽게 집어넣으며 한마디 했다. "이제 드디어 가는구나. 잘 있어라, 대한민국아."

이별의 김포공항

양씨 집안의 맏아들답게 공항에는 많은 배웅객들이 나왔다. 준집의 부모님은 물론이고 한국에 사는 모든 형제들, 준집의 친구들, 그리고 아내 명희의 친구 세 명. 귀빈도 아니고 이코노미 타고 가는 일반 승객이건만 배웅객의 숫자는 이십 명에 가까웠다. 그리고 저마다 한마디씩 하였다. "잘 가, 가서 잘살아. 도착하면 편지해." 비행기 탑승을 위해 세관 구역으로 들어가기 전 명희는 명희대로 시어머니와, 준집은 아버지 제을과 마지막 대화를 나눴다. "어머니 몸 건강하세요. 도착하는 대로 전화 드릴께요.", "알았다. 가서 애들 잘 키워라.", "아버지 안녕히 계세요. 가서 열심히 살을께요.", "여기 걱정은 말라. 네 가족이나 잘 살피라우."

세관 검사와 탑승 수속을 마치고 면세구역으로 들어가니 비행기 탑승까지는 아직도 대략 삼십 분이 남아있었다. 명희는 여행가 방을 준집의 의자 옆에 놔둔 채 면세점 구경을 하고 준집 혼자 계류장에 서 있는 비행기들을 보며 생각에 잠긴다. "아, 김의국, 서유석, 뮤직모노, 주호, 서대문 구청 사람들, 동서남북, 어미산업 김 사장." 지금까지의 인생 중에서 고비 때마다 자신을 괴롭혔거나 또는 일종의 배신을 당한 사람 또는 사건들이 하나둘 준집의 머리에 떠올랐다. "그래 잊자 가서 성공만 하면 된다." 준집이 그런 생각을 하고 있을 때 아내 명희가 돌아왔다. "아직 멀었어?", "아니 이제 오 분 남았어." 준집과 명희는 각자 자기 몫의 가방을 끌며 준집은 윤정의 손을 잡고 명희는 윤경의 손을 잡고 체크인 카운터로 향했다.

3부

굿모닝 오스트레일리아

준집의 가족이 한국을 떠난 것은 1986년 6월 6일 오후 네 시였다. 그때까지 한국은 OECD 가입이 안 되어 있었기에 한국과 호주 사이에 직항노선이 없었다. 김포국제공항에서 비행기에 오른 준집 가족은 케세이퍼시픽을 타고 홍콩을 경유하여 다음 날 아침 호주 멜버른을 거쳐 오전 열 시가 돼서야 시드니 공항에 도착하였다. 김포를 떠나는 순간부터 겪는 일은 준집으로서는 모든 게 첫 경험들이라 할 수 있는데 아직은 서투른 그의 영어도 하룻밤의 여행길에서는 그런대로 잘 통한 편이었다. 시드니에 도착한 그가 다른 승객들을 따라 행동하고 가족을 데리고 걸어 나가니 오래전 한국의 수영 비행장만큼이나 소박한 킹스포드공항 대합실 입국장에 그의 큰 매부 김삼오의 모습이 보였다. "나와 계셨네요. 매부." 눈에 익은 얼굴을 보자 잠시 전까지의 알 수 없는 두려움은 사라지고 너무 반가운 나머지 준집은 먼저 그렇게 인사를 드렸다. "먼 길 오느라 수고했어. 처남."

두 사람은 반갑게 인사를 나누고 그와 함께 나왔다는 친구의 밴에 아내 두 딸과 함께 올라타 어디론가로 향했다. "어서 오이소. 웰캄 투 다운 언더입니더." 웰캄은 알아들었는데 그다음 말을 못 알아들은 준집이 잠시 당황해하고 있으니 큰매부 김삼오가 금방 눈치를 채고 "호주에 잘 오셨다는 얘기야. 오스트레일리아를 여기 사람들은 그렇게도 불러. 남반구에 있는 나라라는 뜻이지." 그때서야 다시 긴장이 풀린 준집에게 매부는 자신의 친구를 소개했다. "인사드려 내 친구 장 사장이야. 이 차도 장 사장 꺼야. 처남이 온다고 그래서 내가 좀 수고 해달라 그랬어." 삼오의 말이 끝나자 그가 자신을 소개했다. "장정웅이라 캅니더. 한호무역에." 뒷좌석에 앉아있던 준집은 앞쪽으로 살짝 허리를 구부리며 "잘 부탁 드리겠습니다." 하고 간단하게 인사를 했다.

차는 공장지대 같은 곳을 지나고 잔디밭이 많이 깔린 동네를 거쳐 허름한 집들 사이를 지나더니 대략 이십 분 정도를 달리고 나서 어느 나즈막한 이 층 건물 앞에 멈춰 섰다. 준집이 기지개를 켜며 차에서 내리니 장 사장이라는 사람이 준집의 매부에게 "짐들은 어떡할까요?" 하고 물어보았다. 그러자 삼오가 "아, 내 차에 옮겨 실어야지." 하며 밴 뒤로 걸어갈 때 준집도 뒤로 따라가서 가방을 매부 차에 옮겨 싣는 걸 도왔다. 그리고 나

서 그들을 따라 건물 안으로 들어가니 큰누나 양문자가 "어서
와. 오느라고 힘들었지?" 하며 준집 가족을 반겨주었다. 그곳은
매부가 장 사장 건물에 세 들어 운영하는 '호주소식'이라는 교
포 신문사였다. "코피 한잔 할래?" 하며 누나가 물어와 "네, 한
잔 주세요." 하고 준집은 대답했으나 명희는 "전 괜찮아요, 형
님."이라고 사양했다. 큰누나가 타온 커피를 받으며 "사무실이
좋네요."라고 준집이 말하자 삼오가 "조금만 기다려 처남 이것
좀 끝내고 점심 먹자고. 내일모레가 마감이라…"고 말했다. 그
리고 누나 부부는 세 시간 넘게 그 일에 매달려 있었다. 그사
이 막연히 기다리기가 지루했던 준집은 아내와 아이들은 신문
사에 두고 혼자서 건물 밖으로 나가 천천히 걸으며 그 동네를
구경했다.

인도를 따라 조금 걸어 내려가니 발코니가 달리고 상점으로
보이는 이 층 건물 몇 채가 서 있고 그 끝에서 왼쪽으로 돌아가
니 길 건너에 영어로 스탠모어라고 쓰여 있는 기차역이 보였다.
아침과 달리 따가운 햇살을 느끼며 준집은 인도를 따라가며 좌
우로 두리번거리며 나지막한 집들과 미끄럼틀과 그네는 있는데
그것을 이용하는 사람은 하나도 안 보이는 놀이터를 끼고 다시
왼쪽으로 약간 경사진 길을 따라 걸어갔는데 그때까지도 단 한
명의 사람도 볼 수가 없었다. "어떻게 된 거야? 이렇게 사람이

없나?" 하면서 잠시 서서 담배 한 대를 피운 후에 다시 오 분
정도 걸으니 작은 사거리가 나오고 한쪽 코너에 MILK BAR라
는 간판이 붙은 가게가 보였다. "저기는 우유 대리점인가?" 하
는 생각을 하면서 아무튼 목이 마른 상황이라 그 가게 안으로
들어가니 중동 사람으로 보이는 여자 주인이 "예스 와류 원트?"
하고 말했다. 그때서야 준집이 유심히 가게 안을 살펴보았다.
세 개쯤 연달아 서 있는 냉장고 안에 콜라와 각종 음료수가 들
어 있는 게 보였고 그 반대편에 음식을 만드는 듯한 시설과 또
그 뒤로는 큼직한 테이블 두 개가 붙어있는 게 보였다. 비행기
에서 제공하는 아침 식사가 입에 맞지 않아 대충 커피와 크로
아상만 먹었던 준집은 그제야 허기가 느껴져 그녀에게 "두유
세일 푸드?" 하고 물으니 그녀는 약간 의아하다는 표정으로 "예
스 오브 코스." 하며 불판 위에 걸려있는 메뉴판을 손가락으로
가리켰다. 그제야 전체의 그림이 눈에 들어온 준집은 스테이크
샌드위치라는걸 주문하고 냉장고에서 콜라 하나를 꺼내 계산
을 한 후 완성된 스테이크 샌드위치를 받아들고 길을 가며 한
입, 한입 입에 넣고 씹었는데 그 맛이 꿀맛보다 더 맛있게 느껴
졌다. "아니 세상에 이런 음식이 있었단 말이야?" 하며 콜라와
함께 그것을 다 먹고 다시 길 건너 왼쪽으로 돌아서 한참을 걸
었는데 준집의 짐작으로 그쯤에서 나타나야 할 신문사 건물이
보이질 않았다. 당황한 준집이 머릿속으로 자신이 걸어온 길을

되짚어 봤는데 그다지 큰 실수를 한 것 같지 않아 오던 길로 되돌아가려는데 길 건너편 벽돌집 마당에 백발의 한 노인이 정원 가위를 들고 서 있는 게 보였다. "익스큐즈 미." 준집이 약간 거리를 두고 그렇게 외치자 노인은 말없이 준집을 쳐다봤고 준집이 계속 "우쥬 렛 미 노 하우 투겟 스탠모어 스테이션?" 하고 물으니 노인은 낮은 철문을 나와 준집에게로 따라오라고 손짓을 한 후 말없이 앞장서 걸어갔다. 준집이 다시 "아이 로스트 더 웨이." 하고 말을 했으나 그래도 그는 말이 없었고 그렇게 얼마간을 걷더니 손을 들어 한곳을 가리켰는데 그 노인이 손으로 가리킨 곳을 보자 거기에 스탠모어역의 싸인이 보였다. 준집이 "쌩큐 베리마치."라고 감사 인사를 했으나 그는 여전히 아무 말 없이 손만 흔들고 자신이 왔던 길로 되돌아갔다. 그리고 스탠모어역 앞으로 가니 그곳에서 얼마 되지 않는 거리에 신문사 건물이 서 있는 게 보였다. 준집은 이마에 난 진땀을 닦고 신문사 안으로 들어가 두 시간쯤 더 기다리니 누나와 매부의 신문 편집작업이 끝났는지 누나가 "오래 기다렸지? 자 이제 밥 먹으러 가자." 하여 준집 가족은 그들의 뒤를 따라 나갔다. 어른 넷, 아이 둘, 그렇게 여섯 사람이 한 차에 올라타고 식당을 향해 떠난 것은 오후 네 시경이었다. 식사는 한식이었다. 내부는 마치 이탈리안 식당 같은데 메뉴는 전부 한식이었다. 준집은 육개장을 선택했고 명희는 비빔밥을 먹었다. 아이들은 떡국 하나를 시켜 나눠 먹었고 누나네는 두 분 다 갈비탕을 드셨다. 식사를 마치고 다시 매부 차에 올라타 사십 분 정도 달려서야 매부 집에 도착할 수 있었다. 집은 아파트였는데 방이 두 개밖에 없었다. 중학생과 고등학생 그리고 대학생인 소욱, 소근, 소현, 세 명의 조카들이 준집 가족이 거실로 들어서자 일제히 고개 숙여 인사를 했다. 큰누나네가 미국으로 떠날 때 다섯 살이었던 막내 소욱은 중학생이 되었고, 일곱 살이었던 소근은 고등학교 일 학년생이 되었고, 맨 맞이인 소현은 대학교 학생이 되었다.

두 가족 아홉 명이 넓지도 않은 거실에 둘러앉아 서먹하면서도 거리감 없는 대화를 시작했다. 그중에 처음 말문을 연 것은 그 집의 장남 소근이었다. "삼촌 불쉿이 무슨 뜻인지 아세요?", "뭐 불쉿? 글쎄.", "원래 뜻은 소똥인데 여기서는 헛소리 마라는 뜻으로 쓰여요.", "그래?" 그러자 큰누나가 "넌 왜 이제 막 도착한 삼촌한테 나쁜 말부터 가르치냐?" 하였고 조카는 "엄마 그거 나쁜 말 아니에요."라고 대답했다. 그러고 나서 막내 소욱과 큰딸 소현은 같은 방으로 들어갔다.

천우신조

준집 가족이 시드니에서 첫날밤을 보낸 곳은 누나네 집이 아
니었다. 방이 두 개로 좁기도 하거니와 그날 밤 준집과 매부 사
이에 말다툼이 벌어져 할 수 없이 그 집을 나와 근처의 모텔에
서 자게 된 것이다. 이틀에 걸친 여행을 하는 동안 쌓였던 피로
가 한꺼번에 다 밀려왔는지 준집은 숙소의 침대에 눕자마자 잠
이 들었다. 다음 날 아침이 문제였다. 낮 열두 시가 될 때까지
누나네 가족 누구도 찾아오지 않아 준집은 할 수 없이 체크아
웃 한 후에 모텔을 나와 약간 경사진 내리막길을 따라 무작정
걸었고 아내 명회는 두 딸을 데리고 그의 뒤를 따랐다. 그렇게
십 분쯤 걸었을까? 기차역으로 보이는 건물이 나타났고 준집은
그곳으로 들어가 창구직원에게 시내로 가는 표를 달라고 하여
아내와 아이들을 데리고 기차에 올라탔다. 기차 안에는 주변의
거의 전부가 노랑머리 외국인들이었는데 그사이에 드문드문 중
국인으로 보이는 동양사람들도 있었다. 출근 시간이 아니어서

그랬는지는 몰라도 앞뒤 마주 보게 되어있는 좌석은 군데군데 비어있었고 덕분에 준집의 가족은 편한 자세로 앉을 수 있었다. 아이들은 창밖을 내다보며 색다른 이국의 풍경을 즐기며 가끔 환호의 탄성을 질렀지만 준집과 명희는 그런걸 즐길 수 있는 마음의 여유가 전혀 없었다. "여보, 이제 어떡하지?" 명희는 양 무릎에 팔꿈치를 댄 채로 두 손으로 얼굴을 덮고 고개를 숙이고 있는 준집에게 물었다. 그 물음에 그제야 준집은 팔을 내리고 고개를 들며 힘없이 말했다. "글세, 나도 모르겠어. 일단 시내로 나가봐야지. 누나네는 시드니 시내가 아닌 것 같애." 그러자 명희도 "응, 어제 보니까 밥 먹고 한참 달리더라구. 뭐 혼스비라던가? 당신 누나네.", "지금 그게 문제가 아니구 우릴 도와줄 사람이 필요한데. 대사관 같은 델 가봐야 하나? 나 이거 참!" 두 사람이 그런 대화를 나누고 있는데 "와 한강다리다!" 하고 큰딸 윤정이 소리를 질렀다. 그제야 준집은 고개를 옆으로 돌려 창밖을 보니 정말 한강다리의 철 기둥 비슷한 게 차창 밖 옆으로 스치고 지나가고 있었다. "흠, 이게 하버브리지인 모양이군." 그리고 몇 분이 더 지나 티켓에 적힌 대로 타운홀이라는 역에서 준집은 가족을 데리고 기차에서 내렸다. 티켓을 내고 남들처럼 타운홀역 밖으로 나가긴 했는데 어디가 어딘지 어디로 가야할지 준집의 머릿속에는 아무런 대책이 떠오르지 않았다. 또다시 길을 따라 무작정 걸었다. 마치 배고픈 들개가 음식

냄새를 찾아 본능적으로 벌판을 헤매듯 말이다.

그렇게 한 십분 걸어가자 서양사람보다 동양사람이 더 많이 보이는 거리가 나왔다. 느낌상 외국 도시에는 어디나 있다는 차이나타운으로 가는 길 같았다. 그리고 마침내 저 멀리에 한국말이 쓰여 있는 간판이 하나 보였다. 준집의 걸음이 빨라졌다 그 점포 앞에 한국인으로 보이는 두 사람이 트럭에서 쌀 포대 같은 것을 내리는 모습도 보였다. 준집은 그들에게 다가가서 "혹시 한국분들이세요?" 하고 조심스럽게 물어봤다. 허나 준집의 목소리는 매우 절박했다. 일하던 두 사람 중 마른 체격의 남자가 준집을 보며 대답했다. "네 그런데요." 소망이 절실하면 그 기도가 하늘에 닿는다 하였던가 그곳은 모두와 식품이라는 한국인 가게였고 그 가게 안에는 명희의 고교 동창이 근무하고 있었다. 목이 말랐던 준집이 어제 스탠 모어 밀크바에서의 경험을 살려 음료수를 고르는 사이 명희는 카운터에 앉아있는 자신의 고교 동창을 알아보았고 그녀에게 다가가서 말을 걸어보았다. "너 혹시 영희 아니니? 심영희?", "네, 그런데요. 누구시죠?", "나 못 알아 보겠니? 명희야 한명희.", "어머머 세상에. 이게 웬일이야?", "나 이민 왔어.", "뭐라구? 언제?", "어저께 도착했어.", "어저께? 아니 세상에 이럴 수가!", "아까부터 저기서 유심히 봤는데 분명 너인 거야.", "잠깐만 있어 봐. 언니 여기 카운타 좀 봐

쥐요." 명희의 동창이 외출을 준비하러 간 사이 명희가 준집에게로 다가와 작은 소리로 말했다. "여보, 여기서 내 고등학교 동창 만났어." 그날부터 사흘간 준집이 방을 구할 때까지 준집의 가족은 명희의 동창 집에서 마음 편히 머무를 수 있었다.

심영희의 신랑이란 사람은 한국에서의 고향이 충청도이어서 그랬는지 말씨가 부드러웠고 서울대 공대 출신이었으며 처갓집 식구들을 따라와 그 무렵 뉴사우스웨일즈 대학에서 석사 코스를 밟고 있었다. 준집은 그가 운전하는 차로 이 동네 저 동네 방을 보러 다닐 수가 있었으며 최종적으로 애쉬필드라는 동네에서 방 두 개짜리 아파트를 계약하게 된다. 참고로 호주에서는 아파트를 아파트라고 부르지 않고 유닛이라 부른다.

울려고 내가 왔나

ㅇ

　사흘간 신세를 졌던 아내 동창의 집을 나와 앞으로 이 년간 자신의 가족이 살아갈 애쉬필드 집으로 오긴 왔으나 유닛 안에는 전기스토브 그리고 오래되어 보이는 냉장고 하나와 꼭지를 돌리면 물이 콸콸 쏟아지는 수도가 달린 싱크대 외에는 아무것도 없었다. 가장 기본적인 아이들과 본인들의 옷가지만 들어 있는 여행용 가방을 끌고 밤색 카펫이 깔린 거실로 들어와 바닥에 주저앉은 준집은 희망찬 내일이나 절망적인 현실을 생각할 겨를도 없이 우선 당장 그의 가족이 그날 밤을 어떻게 넘겨야 할지부터 고민했다. 그리고 다행히 준집의 가족을 내려 주고 아직 떠나지 않고 있는 영희의 남편을 발견하고 그의 차를 함께 타고 그에게 조언을 구하며 교포가 운영하는 가구점에 가서 당일 배달의 가능 여부를 확인하고 침대와 이불을 산 후 그 근처 식품점에 들려 간단한 조리기구와 식품 약간을 사 들고 자신의 유닛으로 돌아왔다. 영희 남편 박광윤이 떠난 후 아내 명희는 준집이 사온 식재료를 손질했고 준집은 광윤 차로 돌아오다 눈여겨보았던 가전제품 가게로 가서 중간 크기의 세탁기와 소형 텔레비전을 산 뒤 딜리버리를 부탁하고 집으로 돌아왔다. 그리고 나서 주머니 속에 있는 여행자수표를 꺼내 남은 금액을 세어보니 만 육천 불이 되지 않았다. 준집은 눈앞이 캄캄했다. "한국에서 AID 아파트 한 채 팔아가지고 온 돈이 벌써 이렇게나 많이 빠져나가다니." 하는 생각에 겁이 덜컥 났다.

아버지 제을이 준집의 가족을 위해 준집 몰래 그 아파트를 샀났다가 호주에 이민을 떠나게 되자 급히 처분하여 마련한 것을 떠나기 며칠 전 준집에게 주었던 것인데 당시 제을이 살던 45평짜리 자양동 한양아파트 가격이 칠천오백만 원 정도 할 때여서 그 금액은 제을로서는 정말 최선을 다한 것이었다.

밤늦게 준집이 주문했던 침대가 도착하고 아이들 먼저 재운 뒤에 준집은 명희와 거실에 마주 앉아 이렇게 얘기했다. "호주 물가가 한국에서 생각했던 거보다 훨씬 비싸네. 어떡하지?" 그러자 명희가 이렇게 대답했다. "어쩌겠어요. 부모님이 최선을 다해 마련해주신 건데 아껴 써야죠. 우리도 직업을 잡으면 나아지겠죠. 힘내요 여보." 대화를 마치고 명희 먼저 아이들이 자는 방으로 들어가고 준집은 밖으로 나와 담배를 한 대 피우고 때마침 캄캄한 하늘에 구름 사이로 떠 있는 둥근달을 보니 자연스럽게 입에서 한국노래가 흘러나왔다. "울려고 내가 왔나 누굴 찾아 여기 왔나 낯설은 타국 땅에 내가 왜 왔나~" 한국에서는 좀처럼 부르지 않던 노래였다.

그리고 다음 날 호주 텔레콤이라는 곳에 가서 전화를 신청했다. 전화 설치는 일주일이 걸려서야 완료되었고 개통기념으로 처음 다이얼을 돌린 곳은 한국의 부모님 댁이었다. "그래, 어떻게나 됐네?", "네, 집도 구하고 다 자리 잡았어요.", "직장은 구했네?", "아니 아직요.", "네 누나네랑은 어떻게 된 거이가?", "설명 드리기 복잡해요. 제가 알아서 해결할께요", "애들 학교는?", "이제 알아봐야죠.", "돈은 얼마나 남았네?", "아직은 충분해요. 걱정 마세요.", "그래, 알갔다. 자주 전화해라. 이만 끊갔다." 준집은 그렇게 해서 시드니에서의 첫 통화를 마쳤다.

전학

　취직은 아내 명희가 먼저 했다. 시드니의 유명한 바닷가 본다이비치 해변가에 있는 씨푸드 레스토랑이기에 출퇴근 거리는 멀었지만, 영어 한마디 못 하는 동양 여인이었고 가진 돈 얼마 없는 이민자 신세였기에 그나마 다행이라고 하며 그 조건을 받아들인 것이다. 한국에서 초등학교 2학년과 유치원을 다니던 윤정과 윤경은 엄마가 일을 나간 사이 아버지의 손을 잡고 인근 호주 초등학교로 향했다. "아빠 지금 우리 어디 가?", "응 이제 학교 다녀야지.", "멀어?", "아니 조금만 걸으면 돼.", "어떻게 알어?", "응, 엊그제 갔다 왔어." 집에서 오 분 정도 걸으니 커다란 트럭과 트레일러들이 씽씽 달리는, 파라마타 로드라는 큰길이 나왔다. 아이들은 겁에 질리고 윤정이 이렇게 말했다. "이 길을 맨날 걸어야 돼?", "응.", "무서워, 아빠.", "괜찮아, 호주에서는 윤경이 데리고 길 건널 때 이거 꼭 눌러야 돼." 하면서 준집이 횡단보도 옆에 서 있는 철봉에 달린 부저단추를 누르니 잠시 후 "우두두두 우두 두두" 하는 소리를 내며 초록색 신호등이 켜졌다. 아버지와 두 딸은 횡단보도를 건너 다시 오 분 정도를 더 걸어 하버필드 스쿨에 도착하였다. 엊그제 방문을 하여 인사를 나눈 교장실로 들어가니 쟈네트 교장은 준집과 아이들을 반갑게 맞아줬고 곧이어 아이들의 담당 교사들을 불러 애들을 교실로 데려가게 하였다. 집에서부터 걸어온 길을 되돌아가던 준집은 학교 담장에 핀 빨간색 장미를 보며 "이제 또 하나 끝냈고." 하며 큰 숨을 내쉬었다.

아내도 없는 집에 곧장 돌아가 봐야 할 일도 없었던 준집은 아까처럼 횡단보도를 건너지 않고 그사이 어느 정도 눈에 익숙해진 파라마타로드를 따라 이것저것 구경을 하며 시내 방향으로 천천히 걸었다. 그러다 이탈리아인들이 많이 산다는 라이카트 근처의 카야드에 서 있는 피아트132를 발견하였다. "이제는 자동차가 필요하긴 한데." 하면서 그 중고차 매매상 안으로 들어갔다. "캔 아이 헬 퓨?" 하며 세일즈맨이 나왔다. "하우마치 이즈 디스?" 하고 물었더니 그 세일즈맨은 "프라이스 이즈 온 댓 스크린." 하고 대답했다. "흠 5,990불, 생각보다 비싸네." 하며 그 차를 살펴보는데 그때 바로 옆에 서 있는 비슷하게 생긴 차가 보였다. 차에는 피아트131 파노라마라고 쓰여 있고 가격은 4,990불로 되어 있었다. 색상은 하얀색이었고 안을 들여다보니 밤색 가죽시트 같아 도리어 그 차가 맘에 들어 "캔 유 두 썸 디스카운트?" 하고 물으니 세일즈맨이 "캄 인싸이드 써." 하여 사무실 안으로 들어가 흥정을 한 후에 4,200불에 사 가지고 나왔다. 식당일을 마치고 집으로 돌아온 명희가 유닛 앞에 주차한 차를 보고 깜짝 놀라며 "우리 차 샀어?" 하고 물었고 준집은 흐뭇한 미소를 지으며 "응. 우리 애들 데리고 드라이브 한번 할까?" 했더니 명희도 좋다고 하여 마침 학교와 유치원에서 돌아온 윤정과 윤경을 태우고 캠시 쪽으로 갔다가 섬머힐로 돌아오다 피자헛 간판이 달린 식당을 발견하여 아이들에게는 스파게티를, 부부는 피자 작은 것을 하나 시켜 나눠 먹고 집으로 돌아왔다.

그리고 그로부터 보름 뒤 드디어 준집에게도 취직의 기회가 찾아왔다. 준집이 사는 유닛의 3층에 사는 배석구 씨가 자신의 친구가 공장장으로 근무하는 에스티 로더라는 화장품 회사에 빈자리가 생겼다며 알려주어 그다음 날 새벽 다섯 시에 일어나 명희가 차려놓은 아침을 간단히 먹고 새로 산 차를 몰고 설레는 마음으로 공장이 있다는 루이셈이라는 동네로 향했다.

커다란 샤터가 달린 빨간색 벽돌 건물로 들어가니 한국인으로 보이는 한 직원이 드럼통처럼 생긴 커다란 물체를 옮기고 있었다. "실례합니다. 저 최규창 공장장님이라고…" 준집이 거기까지 말하자 그는 더 듣지 않고 "안으로 들어가 보세요."라고 말해 주었다. 그의 설명대로 좀 더 안으로 들어가니 하얀색 가운처럼 생긴 작업복을 입은 여자들이 기다란 탁자에 앉아서 열심히 무엇인가를 하고 있었고 저 멀리 투명한 유리창으로 된 방안에 역시 하얀 가운을 입은 남자가 서 있는 게 보였다. 준집은 직감적으로 그가 공장장이라는 걸 알아차리고 그곳으로 갔다.

그와 간단한 인터뷰를 마치고 준집에게 맡겨진 일거리는 비어 있는 박스들을 분해하여 커다란 쓰레기통에 담는 청소부 같은 일이었다. 세상에 태어나 그때까지 그러한 일은 단 한 번도 해본 적 없는 준집이었지만 처음 얼마간은 그레한 일에 적응해 보려고 나름대로 열심히 노력하였다. 그러나 일이 주가 지나고 삼 주에 접어들었을 때 준집은 침대에서 못 일어날 정도로 허리를 중심으로 온몸이 아팠다. 이틀간 결근을 하고 사흘째 되는 날 준집은 공장장을 찾아가 사표를 냈다. 최 공장장은 사무실 문을 나서는 준집에게 "아쉽네요. 좋은 분 같아 보여서 봐서 자리가 나면 사무직으로 옮겨 드리려고 했는데." 하였다. 그러나 어쩌랴 이미 사표는 수리된 것을.

교포 신문사

 아내는 식당으로 일하러 가고 두 딸이 학교에 가 있는 사이 호주 정부에서 운영하는 직업소개소 CES에 다녀오는 길에 이제 약간의 마음에 여유가 생긴 준집은 차를 몰아 자신이 사는 애쉬필드에서 가까운 동네 몇 군데를 둘러보았다. 캠시 벨모어 쪽을 가니 머리에 보자기 같은 것을 두른 여자들이 많이 보였고 덜위치 힐을 거쳐 마릭빌이란 동네를 가니 호주 사람들보다 중국인이나 베트남 사람들이 더 많은 것 같았다. "이거 뭐 이래, 시드니는 다 이런가?" 예상 밖에 후줄근한 거리 모습에 약간 실망을 하며 차를 돌려 애쉬필드로 돌아오는데 지도를 잘못 읽어 라이카트라는 동네로 가게 되었다. 그런데 차를 운전하며 지나다 보니 그곳은 이탈리아 사람들이 몰려 사는 동네 같았다. 동네 모양도 그런대로 예쁘고 약간의 호기심도 생겨 길가에 차를 세우고 그중에 아담하게 생긴 카페로 들어갔다. 그러자 주인이 약간은 의외라 생각했는지 잠시 준집을 물끄러미 보다가 준집이 자리에 앉자 그제야 메뉴판을 들고 와 테이블에 내려놓았다. 메뉴판 안에는 준집이 알 수 없는 종류의 커피 이름이 적혀있었는데 그때까지 커피 종류를 잘 몰랐던 준집은 에스프레소란 단어가 그럴듯하여 그것을 시켰다. 그런데 잠시 뒤 뚱뚱한 이탈리아 여자의 손에 들려져 나온 것은 작은 잔에 담긴 쓰디쓴 커피였다. 할 수 없이 한 두 모금 들이킨 후 계산을 마치고 그 집을 나오며 "뭘 알아야 면장도 해 먹지. 젠장 돈만 2불 날렸네." 하고 후회를 하며 집으로 돌아왔는데 잠시 뒤 거실에 놓인 전화기에서 따르르르 하며 벨이 울렸다.

"여보세요.", "뭐 해?", "그냥 집에 있는데요.", "차 있지?", "예.", "지금 호주소식으로 와.", "네, 알겠습니다." 도착한 다음 날부터 연락이 끊겼던 매부로부터 전화가 온 것이다. 준집이 곧바로 스탠모어에 있는 신문사로 달려가니 삼오는 신문사에 잔뜩 쌓인 그 주에 발행된 신문들을 가리키며 "이제 시드니 지리 좀 알지?" 하고 물었다. 준집이 "예, 어느 정도는." 하고 대답하니 "자네는 저것들 들고 체스트우드하고 이스트우드, 라이드 쪽 한국 식품점이랑 식당에 좀 깔아줘 난 이 동네하고 시내를 맡을 테니. 파트타임 하는 놈이 온다고 하더니 연락도 없이 안 오네 에이~" 하였다. 준집은 신문 더미의 일부를 자기 차에 싣고 매부의 지시대로 노스시드니 쪽 동네로 차를 몰았다. 그날부터 그렇게 준집은 호주소식이라는 교포 신문사에서 일하게 되었다.

준집의 매부 삼오는 한국에서 고려대를 졸업하고 한국 외국어 대학교에서 영문학 석사를 마친 후 미국 콜럼비아대학과 호주 모나쉬대학에서 신문학 박사 학위를 취득한 인텔리였으며 그가 호주에 도착했을 당시 조국인 한국과 교포사회를 이어줄 신문이 하나도 없음을 알고 호주소식이란 이름으로 교포사회 최초의 신문을 발행한 인물이다. 키는 164㎝ 정도로 준집보다 1~2㎝ 정도 작았고 목소리는 약간 허스키한 편이었다.

준집이 신문사에서 일해보니 좋은 점도 많았다. 그리고 그가 신문사에서 실제로 하는 일은 주로 교포업소를 다니며 신문에 들어갈 광고문구나 업소 사진을 찍어오고 매부의 지시에 따라 어떤 때는 수금도 해오고 한국 해군의 배가 들어오거나 시드니 총영사가 새로 부임해 왔다고 하면 매부를 따라가 한국 해군과 군함을 찍기도 하고 매부의 인터뷰 장면을 촬영하기도 하는 등 사진기자 비슷한 활동도 하고 신문이 2주일에 한 번씩 나오면 인쇄소에 가서 그것을 받아다가 교포업소들에 돌리고 뭐 그런 일이 대부분이었지만 다문화 사회의 기본정서를 바탕에 깔고 있는 나라답게 어디 가서도 신문사에서 일한다고 말하면 일단 화이트칼라 대접을 해주기 때문에 에스티로더 같은 곳에서 공원으로 일하는 것보다 성취감이나 자존감 같은 걸 본인이 직접 돌아다니며 찾던 직업들보다 비교할 수 없을 정도로 많이 느껴볼 수 있었다. 그러나 주급이 너무 적었고 그것이 준집이네 실생활에서는 큰 문제로 대두되었다. 그러던 어느 날 밤 명희가 침실에서 준집에게 물었다. "여보 나 직장 옮길까?", "응? 어디로?", "영어 학교 같이 다닌 목 아줌마가 차이나타운에 태양이네라고 있다는데 거기 소개해준다 그러네.", "거기는 돈을 더 주나?", "아마 그럴 꺼야. 본다이는 너무 짜. 거리도 너무 멀고.", "그거야 당신이 알아서 판단해야지 여자들 일을 내가 어떻게 알아?", "응. 그런데 근무시간이 본다이보다 길어. 그래서 저녁에 아이들을 당신이 좀 봐줘야 될 꺼야.", "그야 할 수 없지. 돈을 더 준다는데…."

자동차 세일즈맨

ㅇ

어제, 오늘 이틀에 걸쳐 식당 식품점 비디오 가게 등 교포 업체에 신문을 다 돌리고 호주소식 신문사 안에서 커피를 타 마시며 처남과 잡담을 나누던 삼오는 신문사의 수익성에 대하여 말을 꺼냈다. "인쇄비가 올랐어. 다 종잇값 때문이지. 인건비도 오르고 큰일이야. 교포들은 장사가 안 된다고 아우성이고." 그 말을 들은 준집은 커피를 다 마신 후 밥값이라도 좀 해봐야겠다는 생각에 평소 가지고 다니는 서류 가방을 들고 자리에서 일어나 밖으로 나와 차를 몰고 이리로 저리로 고객이 될 것 같은 업소들을 찾아 돌아다녔다. 교포들이 운영하는 업소들의 광고 수주는 어차피 매부 담당이기에 준집은 호주인들의 업소들을 개척해 보려고 이집 저집을 드나들며 사장이나 매니저를 만나고 다녔다. 이태리 가구점, 미용실, 중국인 식당, 제과점 등, 버우드, 스트라스필드, 애쉬필드 등 일단 신문사에서 가까운 동네부터 뒤져보았다. 그러나 그의 야심 찬 생각보다 상대방들은 무심하거나 쌀쌀하게 그를 대했다. 그러다가 홈 하이웨이를 타고 신문사로 돌아가던 중 엔필드에서 한 자동차 판매상에 들어가 보게 되었다. 그는 영어로 실례합니다 하였고 그곳 주인은 어서 오세요 하며 준집을 반겼다. 차를 보러온 고객인 줄 알고 반겼던 주인은 준집이 방문목적을 설명하자 다른 업소들처럼 그를 박대하지 않고 준집의 말을 자세히 듣더니 "그럼 시험 삼아 한 달만 내보겠다."라고 대답을 해주었다. 준집은 들뜬 마음으로 로드영이라는 차 판매상의 모습을 사진기에 담고 그 주에 나오는 신문의 하단에 광고를 실었다. 격주로 발행되는 신문의 일주일이 지나가고 두 번째 주 광고가 나간 다음 날 자동차 판매상에게서 다급한 전화가 걸려왔다. 준집이 차를 몰아 로드영으로 가니 어떤 한국 사람 부부와 그곳 사장이 준집을 기다리고 있었다. 10,000불짜리 차를 놓고 부부는 8,000불에 해달라 하고 판매상은 9,900불 이하로는 안 된다며 옥신각신 중이었는데 언어가 통하지 않아 서로 열심히 손짓과 발짓을 하고 있었다. 준집이 중재에 나서 서로 적당한 선에서 타협이 되었고 그 비슷한 일이 한 번 더 발생한 후에 로드영 사장은 캐쥬얼로라도 자신의 판매상을 도와달라고 하여 준집은 신문사 일이 그다지 바쁘지 않은 날은 로드영에 가서 조지 양이라는 닉네임으로 근무를 하였다. 그 당시 교포신문에 자동차 광고를 게재하는 업체가 한 곳도 없었기에 로드영을 찾아오는 한국 손님들이 꽤 많았으며 그 덕분에 로드영의 사장 게리와 준집은 한동안 서로 일종의 윈윈전략의 재미를 맛보게 된다.

　습도는 낮고 남반구 특유의 뜨거운 햇살에 길거리 아스팔트가
다 녹아버릴 것 같은 87년 2월 어느 날 오후 빨간색 미쯔비시 세
단 한 대가 로드영 앞에 멈춰서고 그 안에서 삼십 대 초반으로 보
이는 남자와 이십 대 후반으로 보이는 여자 한 명이 내렸다. 직감
적으로 자신의 손님이라 판단한 준집은 사무실에서 뛰쳐나와 그
들을 향해 걸어갔다. "어서 오세요." 준집이 먼저 인사를 건네자
약간 검은 얼굴에 풍만한 체격을 한 남자는 굵직하고 점잖은 목
소리로 "안녕하십니까. 신문광고 보고 왔습니다." 하고 약간 고개
를 숙이며 답례 인사를 하였는데 그 모습이 지금까지의 손님들과
는 어딘지 모르게 다른 느낌을 풍기고 있었다.

　"어떤 차를 원하시는지?" 그러한 준집의 물음에 야드에 전시된
차들을 대충 훑어본 그가 입을 열었다. "전부 중고차뿐이네요.
새 차들은 없나요?" 지난 두 달간 십여 명의 손님들이 그곳에서
차를 구입하여 주었지만 새 차를 찾는 손님은 그가 처음이었다.
"보시다시피 저희는 자본금이 적어서 중고차만 하고 있습니다만
새 차를 원하시면 구입해드릴 수는 있습니다." 준집이 그렇게 말
하자 새 차가 없어 실망하고 돌아가려던 그가 "그럼 홀든의 코모
도 VN 모델 가격이 얼만지 알아봐 주세요."라고 말했고 준집은
그보다 한 달 전쯤 한국에서 예편했다는 변 장군이라는 사람의

며느리가 현대차를 구입할 때 갔었던 퍼넬 브라더스의 죠 바틀리에게 전화하여 홀든 딜러쉽을 가진 그 회사의 가격을 안내받았다. "24,000불까지 해줄 수 있답니다." 그제야 자신의 이름이 김중섭이라 밝힌 그는 그 차를 보기 위해 준집과 함께 퍼넬 브라더스로 향했고 며칠 뒤 그 차를 구입해주었다.

그러나 호사다마라는 말처럼 워낙 싼 차들을 사다가 적당히 고치거나 속칭 얇게 발라서 파는 게리의 영업전략 때문에 사달이 난 적이 몇 번 있은 이후로 준집은 로드영 자동차에 정나미가 떨어져 다른 파트너를 찾게 된다. 퍼넬 브라더스에 정식사원이 된 준집은 호주소식을 그만두었고 그 후 메트로 모터마켙으로 직장을 옮긴 후 그곳을 그만둘 때까지 약 이 년간 자동차 세일즈맨으로 일했다. 준집은 자동차 세일즈맨이라는 직업을 좋아했는데 그 이유는 신문기자만큼은 아니지만 온종일 작업복 입고 땀을 흘려야 하는 노동일은 그의 체력으로는 감당할 수 없었을뿐더러 차를 판매하는 일도 사무직까지는 아니지만 그래도 온종일 양복에 넥타이를 매고 일을 할 수 있다는 점이었다. 한편으로 그의 아내도 차이나타운 식당일을 그만두고 캠시라는 한인촌에 실내포장마차를 차렸는데 그게 예상외로 대박을 터트려 부부는 그 덕분에 시드니 외곽 기라윈이라는 비록 서민층 동네이고 은행 돈을 빌렸지만, 수영장에 방 네 개가 딸린 벽돌집을 마련하게 된다.

오면 가고 가면 오고

ㅇ

어찌 보면 준집과 준집의 부모님은 참으로 묘한 인연의 관계라 아니할 수 없다. 딸 넷을 낳고 애타게 기다릴 때 얻은 아들이라 부모들은 자신들의 자식들 중 그 누구보다 정성을 들여보듬고 키운 자식이건만 그 자식은 그러한 부모의 마음을 아는지 모르는지 항상 부모의 뜻과는 다른 길로 들어서곤 했었다. 그러다가 그가 호주에서는 제법 잘 자리 잡아가고 있다는 소식을 듣고 부모는 귀여운 손녀들을 볼 겸하여 수만 리 먼 길을 칠십을 넘긴 노구의 몸을 이끌고 날아온다. "할머니이!" 킹스포드 출국장을 나오는 두 분을 제일 먼저 발견한 건 큰딸 윤정이었다. 윤정은 어린애답게 팔짝팔짝 뛰어가 할머니 품에 안겼고 그러자 언니의 뒤를 덩달아 뛰어간 윤경이는 할아버지 품에 안겼다. "어서 오세요"라는 인사와 함께 부모님의 가방을 대신 받아든 준집 부부는 가방들을 차 뒤에 싣고 기라윈 집을 향해 달렸다. 부모님들은 준집의 집을 보며 대단히 만족해했다. "이 방을 쓰시면 돼요." 준집은 크기가 안방 못지않게 큰 건넌방을 두 분께 내어드렸다. 명회가 준비한 점심을 마친 제을은 준집을 자신들 방으로 불렀다. "이 집 얼마 주고 샀네?", "은행융자 끼고 십오만 불이요.", "너희 돈은 얼마나 들어갔네?", "글쎄요. 집값에 구만 불하구 변호사비, 이사비 다 합쳐서 십만 불이요.", "흠, 그럼 지난 이 년 동안 꽤 많이 벌은 셈이구만.", "네, 그런 셈이지요.", "차 장사 이문이 길케 많은가?", "아무래도 중고차니까요. 근데 그게 다 제 차는 아니구 저는 한국 사람들이 찾는 만 불 넘는 거만 몇 대 갖고 있고 나머지는 모두 회사 차들이예요." 준집의 대답을 듣고 난 후 제을은 매우 흡족해했다. "저 가방 좀 이리 갯구 오라." 준집이 방 한구석에 몰아났던 가방 중 제을의 것을 가져다드리자 제을은 그 속에서 왕복 비행기표와 함께 들어있던 여행자 수표를 꺼내 숫자를 센 다음 그중 오만 불을 준집에게 건넸다. "내일 은행 문 열문 가서 은행 빚부터 갚으라우." 아버지의 그 말씀에 준집은 몸둘 바를 몰라 했다. "이제부터는 저희 힘으로만 살려고 했는데" 그러자 제을이 한마디를 더했다. "그거는 이담에 내가 죽으면 윤정이, 윤경이 대학등록금으로 남겨 놀려구 했던 건데, 이젠 서로 멀리 떨어져 살 게 됐으니 이번에 가져온 거다. 이제부터 애들 등록금은 니가 벌어서 마련해라." 준집은 그런 아버지의 무한한 사랑에 다시 한번 감동하며 팔소매로 눈물을 닦았다.

그렇게 처음 삼 개월은 온 가족이 삼박 사일로 골드코스트와 브리스번을 다녀오고 오페라 하우스는 물론이고 본다이비치, 맨리비치 거기에 블루마운틴까지, 시드니의 유명관광지를 모두 보여 드리며 즐거운 나날들을 보냈는데 그러던 어느 날 한국의 한 음반 회사에서 전화가 온다. 내용인즉슨 "88올림픽 이후 한국도 나라 환경이 많이 좋아졌고 가요계도 풍요로워졌으니 자기네 회사에서 음반을 한번 내보시면 어떻겠느냐?" 하는 것이었다. 계약금으로 호주 돈 이만 불에 해당하는 돈을 제시하면서. 처음에는 거절을 했으나 반복해서 국제전화가 걸려오자 준집의 마음이 조금씩 흔들리기 시작했다. 이유는 돈도 돈이지만 자신이 직간접적으로 관여했던 여러 명의 후배들은 모두 유명해지고 성공을 했는데 자신만 억울하게 무명가수로 남게 됐다는 생각에서였다. 그리고 공교롭게도 그 무렵 준집은 시드니 농대에 유학 중인 대구 출신의 장인호라는 젊은이와 듀엣 비슷한 팀을 만들어 시드니의 이 교회 저 교회로 다니며 찬양 봉사를 몇 번인가 하던 중이었다. 그리하여 그때까지도 호주에 머무르고 계신 부모와 아내에게 녹음만 하고 금방 다녀오겠다고 설득을 한 뒤 준집은 마침 귀국 준비를 하던 장인호와 함께 한국행 비행기에 몸을 싣는다.

호주를 떠나오기 전 시드니에서 작곡한 「어느 날 오전이었지」

와 「서두르고 싶지 않아」 그리고 장인호가 써준 「이대 앞길」이라는 곡들은 준집의 친구였던 유지연이 편곡하여 강남 녹음실에서 녹음하였고 '부르고 싶었던 노래들'이라는 타이틀이 붙은 앨범의 녹음은 장인호와 함께 이승회가 운영하는 필동의 예성에서 통기타 두 대만을 사용해 녹음하였다. 그러나 앨범 만들기라는 게 예정대로만 진행돼 주는 것도 아니고 더욱이 출반후 홍보 활동이라는 것도 있어 당초 준집이 예상했던 것보다 많은 날을 한국에서 보내게 된다. 이름도 다시 병집으로 바뀌고. 병집의 체류가 예정보다 길어지자 부모들은 다시 한국으로 돌아오고 병집의 예상보다 출반한 음반들의 반응이 미미하자 병집은 다시 호주로 돌아가게 되었다. 그러니 그사이 준집이 쌓아놨던 호주에서의 경력은 모두 물거품이 되었고 명회가 운영하던 식당도 준집이 한국에 머무는 동안 처분해 버렸기에 부부는 집만 가지고 있을 뿐 소득이 없어 한동안 그동안 모아뒀던 돈을 까먹으며 생활을 버텨나갔다.

인간에게 있어 돈은 곧 식량이고 돈이 떨어지면 식량이 떨어지는 것이기에 날이 가면 갈수록 부부의 마음은 점점 더 불안해져 갔다. "여보 뭐라도 좀 해야 하는 것 아니에요?" 소심한 명회는 조심스럽게 남편의 의사를 타진했다. 준집은 청소 벌이가 그런대로 수입이 괜찮다는 소리를 듣고 생활정보지에서 청소매매 광고를 보고 그것을 인수해 호주 가정집 청소를 해주는 일에 나서게 된다. 아침 여덟 시에 출발해 저녁 다섯 시까지 점심시간 삼십 분을 빼고 줄곧 여덟 시간 동안 이집 저집을 돌아다니며 준집은 주로 진공 청소와 허드렛일을 아내 명희는 부엌과 화장실 청소를 담당하였다. 그렇게 육 개월을 열심히 일했지만, 도메스틱 청소의 특성상 밥은 벌어먹고 극빈층 생활은 유지할 수 있지만 인간체력의 한계성 때문에 일거리를 더 확장할 수도 없고 날이 갈수록 점점 더 아파지는 몸 때문에 고민하던 중 청소를 마치고 집으로 돌아오던 어느 날 빗길에 그들이 탄 차가 미끄러져 폐차하게 되는 대형사고 이후 돈 몇 푼 벌려다 어린 딸자식들을 고아로 만들지도 모르겠다는 생각을 하게 된 준집은 청소용역을 다른 사람에게 팔아버린다.

그사이 준집의 큰딸 윤정이는 중학생이 되었고 작은딸 윤경은 초등학교 4학년생이 되어 있었다. 준집의 아내 명희는 자신의 집 근처에 있는 몰타인 가게에 취직이 되었으나 준집은 호주의 직업소개서를 전전하며 일자리를 알아봤으나 두 달이 지나도록 아무런 편지 한 통 받지 못하고 있었다. 아이들이 잠든 시간, 준집 부부는 거실 소파에 마주 보고 앉았다. "여보 통장에 얼마 남았어?" 준집의 물음에 아내가 기운 없이 대답을 한다. "지난번 청소 팔은 돈이 전부예요.", "뭐? 그럼 만 불?", "네.", "하아, 이거 참 큰일이네." 명희가 조심스럽게 입을 연다. "여보 우리 이 집 팔까요?" 준집이 잠시 고개를 숙이고 고민을 하다가 소파에서 일어나 창밖을 내다보았다. 사방은 고요한데 어둠 속에 커다란 거실의 유리창을 통해 보이는 잔디밭의 검푸른 색이 낮과는 달리 무척 낯설고 차갑게 느껴졌다. "그래 팔자. 윤정이 학교도 너무 멀고 하니까 당신은 애들 데리고 시내 쪽에 가 있어. 난 아무래도 다시 한국에 가서 음악을 해야 될 것 같애. 호주에선 더 이상 못 살겠어. 이 나라에서는 내가 할 수 있는 게 없어." 준집의 두 번째 호주 출국이었다.

음반 기획자

이제 준집의 나이도 어느덧 사십이 다 되었다. 열아홉 살에 대학을 중퇴하고 아버지를 도와 증권업에 뛰어들었던 준집은 스물두 살부터 '어쩌다 가수'가 되었으나 가요계의 대마초 파동과 금지곡 사건으로 또다시 증권회사 직원이 된 후에 그것도 길게 하지 못하고 개인 사업을 해본다고 껍죽대다 호주로 이민 가서 제법 성공 가도를 달리는 것 같다가 다시 한국을 드나드는 바람에 모든 게 수포가 되고 이제 김포공항이 아닌 인천공항 입국장을 통과하여 초조한 기분으로 한국 땅을 밟는다. "어? 형이야? 언제 들어왔어?", "응 어저께.", "지금 어디야?", "응, 논현동에 몽블랑 호텔.", "알았어, 금방 갈께." 최성종은 「그리운 금강산」의 작곡자 최영섭 씨의 둘째 아들로 「제주도의 푸른 밤」의 작곡자 최성원의 동생이기도 하다.

그가 호주에 임시방문자로 왔을 때 준집이 그에게 많은 도움을 주었고 일 년이라는 세월을 타국에서 함께 지내는 동안 두 사람은 매우 가까운 사이가 되었다. "형, 여기 하루에 얼마야?",

"삼만 원.", "돈 많이 가져왔어?", "아니.", "그럼 옮기자. 내가 잘 아는 후배가 있어." 준집은 성종이 이끄는 대로 그의 차를 타고 어디론가로 따라갔다. 그의 차는 사당동을 지나 남태령 고개를 넘어가더니 과천 쪽으로 안 빠지고 큰길에서 벗어나 좁은 농로 같은 곳으로 들어가더니 어느 허름한 주택 앞에 멈춰 섰다.

"윤식아 병집이 형 왔어." 최성종 큰소리로 외치며 쪽문 안으로 들어서자 "어, 알았어." 하고 응답하며 키가 멀쑥한 사내 하나가 방문을 열어주었다. "형! 얘가 윤식이라고 동익이네 어떤 날 제작한 애야.", "안녕하세요. 성종이 형한테 병집 형님 말씀 많이 들었습니다." 준집의 인생에서 병집이 되기 전에 만났던 친구 또는 후배들은 준집이라 부르고 포크 콘테스트 이후에 만난 이들은 병집이라 부르고 호주의 친구들은 그를 조지라고 호칭하는 것에 익숙해진 준집은 "반갑습니다." 하고 그에게 인사했다. "형, 얘한테 말씀 놓으세요. 성인이 친구예요.", "알았어, 천천히." 그렇게 윤식이라는 후배를 소개받아 그의 집에 임시 거처를 마련하게 된 준집은 그다음 날 그곳에서 들국화 멤버로서 이미 유명 가수가 된 최성원의 방문을 받게 되고 그와 함께 온 그의 친구 김용덕을 소개받는다. 더 이상 자신에게는 가수로서의 기회가 찾아올 것 같지 않다는 판단과 더불어 그날 자신 앞에서 부른 김용덕의 노래 두 곡을 듣고 그가 음악성과 가능성이 모두 있음을 간파한 병집은 호주로 떠나기 전 〈넋두리 2집〉을 하며 알게 된 서라벌 레코드의 홍현표 사장을 찾아가 제작비 지원을 요청하고 홍 사장의 흔쾌한 도움을 받아 용덕과 용수 형제의 〈십육년 차이〉라는 앨범을 제작하게 된다. 〈십육년 차이〉 앨범은 발매 2개월 만에 센세이션을 일으키며 10만 장에 가까운 판매 기록을 세웠는데 매니저를 맡았던 성종과 16년 차이의 형 용덕과의 말다툼으로 성종이 일을 그만두며 활동이 주춤해져 매출도 덩달아 하향곡선을 그리게 된다. 그러나 어찌 되었든 음반 회사로부터 판매수익금 일부를 수령한 준집은 그 돈으로 다른 음반 둘을 제작했으나 대부분의 흥행 사업이 그렇듯 두 장 모두 실패를 맛보게 된다. 결국 마지막 수단으로 자신이 직접 〈양병집 1993〉이란 앨범을 제작했으나 그것마저도 성공을 거두지 못하자 병집은 더 이상 한국 가요계에 미련을 두지 않고 내키지 않는 발걸음이었지만 또다시 호주로 돌아갈 수밖에 없었다.

병집이 다시 음악을 하겠다며 한국과 호주 사이를 들락거리고 있는 동안 그의 아내 명희는 착실하게 시드니에서 직장생활하고 있었다. 이번엔 호주에 진출한 한국의 한 호텔의 사우나 매니저가 되어 출근한 사이 병집은 자신이 〈양병집 1993〉 앨범을 녹음했던 아난데일 스튜디오를 찾아갔다. 여러 요인으로 인해 패배주의와 우울증에 침울한 나날을 보내게 된 병집은 그 곳을 통해서라도 마음의 안정을 찾고 싶었던 것이다. 피니의 소개로 토미 에마뉴엘과도 인사를 나누었고 호주의 뮤지컬 작곡자라는 피터 쉬한도 알게 되었다. 토미는 한국 가수라는 피니의 언급이 있었음에도 병집을 별 대수로운 존재로 여기지 않았지만 피터는 병집에게 매우 호의적으로 반응했다. "그래서 한국은 어디에 있어?", "어디에 있다니? 일본 바로 위에 있어.", "하이혼다이가 한국 차인가?", "웅, 삼성도 한국 회사야.", "뭐? 샘성이? 난 일본 회사인 줄 알았어.", "나 이런. 너 너무 모른다.", "웅, 난 유럽밖에 몰라." 그런 이야기를 주고받다가 그와 친해진 병집은 그가 만들었다는 뮤지컬 〈투탕카멘〉의 음악에 반하여 그와 그 프로젝트의 진행을 맡게 된다.

피터를 통하여 데이빗, 휘트니, 데보라, 샤먼 등 많은 호주 음악인들을 알게 된 병집은 그들의 음악을 한국에 소개하려 백방으로 노력했지만, 이 또한 별 성과를 거두지 못하자 이제 음악을 완전히 잊기로 하고 자신이 차 장사를 할 당시 픽업트럭을 잘 골라준 덕분에 친구가 된 장진민에게 부탁하여 그의 선배가 일하는 샤넬에 취직하게 된다. 그러나 말이 좋아 샤넬이지 병집이 근무하는 곳은 시내에 있는 직영매장이나 시드니공항의 면세점이 아닌 아타몬이라는 곳에 있는 웨어하우스(물품 창고)였다. 준집이 그곳에 들어가기 전 물품 창고에서 근무하는 여섯 명의 직원 중 유일한 한국인이었던 박춘수 씨는 호주로 가기 전 한국의 미군 부대에서 카투사라로 근무했었다고 한다. 작은 키에 차분한 성격의 그는 준집을 창고담당 매니저 데이빗에게 소개를 했고 병집은 인터뷰를 한 후 삼 개월의 캐주얼을 거쳐 샤넬의 정식 직원이 된다. 차가 한 대밖에 없었던 병집은 아내의 출퇴근용으로 양보를 하고 박춘수에게 카풀 신세를 지게 된다. "박 선생님, 이거 매번 미안합니다.", "별말씀을 어차피 이 길로 지나가는 건데요.", "그래도 아무래도 귀찮으시죠.", "아닙니다. 가는 동안 심심하지 않고 저도 좋지요." 두 사람은 오랫동안 알고 지냈던 사람들처럼 요즘 말로 케미가 비교적 잘 맞는 편이었다. 그리고 그해 십이월, 회사에서 성탄절 파티를 하던 날 병집이 한국에서 가수 생활을 했었다는 걸 카풀하는 동안에 알게 되었던 춘수는 병집에게 파티장에서 노래를 한번 해볼 것을 권했다. 시내의 유명한 프랑스 식당에서 열린 파티에 작은 앰프와 기타 하나를 들고 갔던 병집은 식사 후 분위기가 무르익어갈 즈음 자연스럽게 그 자리에서 팝송 세 곡과 앵콜 두 곡을 불렀는데 사무직 직원들과 창고직 직원 모두로부터 큰 박수를 받게 된다. 성탄 휴가가 끝나고 준집이 창고로 출근하니 점심시간에 창고담당 매니저인 데이빗이 준집에게 와서 말을 시켰다. "한국에서 가수였수?", "뭐 젊었을 때 잠깐.", "프로로?", "일종에 그런 셈이었죠.", "주로 어떤 노랠 했는데?", "글쎄요. 내 노래도 하고 커버는 밥 딜런, 캣 스티븐스, 존 레논, 닐 영 등 이거 저거 했죠.", "사실 나는 드럼을 치는데 우리 밴드에 가수 스티브가 출연료 분배 문제 때문에 그만뒀다오. 매 주말마다 여기저기 불러주는 대로 가서 연주하는 밴드인데 같이 해볼 생각 있수?" 준집은 순간 망치로 뒤통수를 맞는 것처럼 아찔한 느낌이 왔다. "아이구 해도 해도 안 되어서 이제는 접으려 했는데 또다시 음악 이야기냐?" 속으로는 그렇게 생각하면서도 데이빗의 제안이 듣기 싫지는 않았다. "오늘 밤 생각해보구 내일 알려줄께요." 준집은 그다음 날 데이빗에게 긍정적인 대답을 주었고 그 후 '소울 트레인'이라는 팀과 연습을 몇 번 한 후 호주 무대에 처음 서보게 되었다. 물론 그보다 한참 오래전에 '리온'이라는 뉴질랜드 젊은이와 둘이서 길거리에서 몇 번 해보긴 했으나 그건 단지 즉흥적 잼에 가까운 버스킹일 뿐이었고 드럼과 베이스가 있는 밴드에서 해보긴 처음이었다. 연습은 매주 토요일 어밍턴 공장지대 근처에 있는 베이스 주자 크레익의 집에 마련된 합주실 비슷한 곳에서 했는데 한번 모이면 여섯 시간을 거의 쉬지 않고 계속하였다. 중간에 비스켓이나 크레익이 만든 엉성한 샌드위치를 각자 취향대로 홍차나 커피와 함께 먹고 마시며 잠시 브레이크를 가진 뒤에 다시 연습은 계속되었다. 기타를 치는 키가 장신인 래리는 조지라는 이름으로 그 팀에 들어간 준집을 탐탁지 않게 생각했는데 그것도 처음 잠시뿐 연습에 들어가면 인종차별 같은 것은 없이 자신의 최선을 다해 반주해주었다. 키는 작지만 카리스마가 있어서 그랬는지 멤버들 모두 데이빗의 결정에 잘 따라주었고 준집은 덕분에 별 어색함 없이 그들과 함께 지낼 수 있었다.

일은 데이빗이 잡아 왔고 준집은 금요일 밤이나 토요일 밤에 그가 오라는 곳으로 기타를 들고 가면 되는 일이었다. 버큰헤드 포인트에서의 첫 공연은 그런대로 무난하게 잘 넘어갔다. 그러나 아난데일의 펍에서 공연할 때 그 안에서 술을 먹던 호주 젊은이들이 시비를 걸어왔다. 그것은 일종의 시기심일 수도 있고 인종차별로도 볼 수 있었는데 키가 큰 호주 연주자들 사이에 동양 놈이 가운데 껴서 노래하는 모습이 그들 맘에 안 들었던 모양이었다. 아무튼 시비의 내용은 "키도 작은 동양 놈이 지가 뭔데 건방지게 밥 딜런이나 마크 노플러의 노래를 부르는 것이냐?"는 것이었다. 그리고 그 비슷한 일이 그다음 주 파라마타 펍에서도 벌어졌다. 그러자 데이빗도 더 이상 준집과 계속할 수 없다고 판단했는지 그다음 주 월요일 준집이 창고로 출근하자 미안하다고 말했다. 그러나 준집의 샤넬 근무는 계속되었고 그로부터 삼 개월 후 다른 한국인 두 명이 들어왔는데 그들과 준집과 사소한 마찰이 반복되었다. 그것에 스트레스를 받은 준집은 아무리 생각해도 그곳에 계속 다닌다는 게 자신의 인생 스타일과는 너무 안 맞고 그렇게 살려고 호주를 왔나 싶어 그들과 커다란 말다툼이 있었던 날 준집은 사표를 던지고 샤넬에 취직한 지 일 년 반 만에 비에 젖어 아무도 없는 아타몬의 럭비 구장 잔디밭에 멈춰서서 "이제 두 번 다시 취직 같은 건 안 할 꺼야!"라고 크게 소리친 후 아타몬역까지 걸어가 기차를 타고 집으로 돌아왔다.

물장사 팔자

"아니 그래도 그렇지 어떻게 나하고 한마디 상의도 없이 당신 맘대로 그렇게 그만둘 수 있어요? 은행 융자는 어떡하고?"

"글쎄 그놈들이 한참 바쁜 시간에 쿨룸에 들어가서 농땡이를 치고 있는 거야? 한두 번도 아니구. 그래서 내가 나와서 포장일 도와 달랬더니 미안하다는 말은 안 하고 피식 웃으면서 높은 자리 있을 때 좀 봐달라고 비아냥대는 거 있지. 나는 더운 창고 안에서 땀 뻘뻘 흘리고 일하고 있는데!", "그렇다고 거길 그만둬요? 내가 못 살아." 남편 병집의 샤넬 근무에 만족스러워하던 명희도 매사 즉흥적으로 일을 벌이고 뭐 하나 끈기 있게 참아내지 못하는 병집에게 지쳐 좀처럼 내지 않는 짜증을 부리고 대들기까지 하였다. 그래도 가수 생활하는 동안 보고 배운 거라곤 요식업밖에 없었던 병집은 밤늦도록 아내를 설득하였다. "못 살긴 뭘 못 살아. 얼마 전에 퇴직한 모리를 봐. 사십 년을 근속했다는데 퇴직금은 없고 은도금 머그잔 하나 받더라. 호주는 그래. 그리고 난 그렇게 살고 싶지 않아. 여보, 그러지 말고 나 시내 근처에 라이브카페 하나 차리면 어떨까? 요즘 어학연수로 들어온 유학생들 많다는데…” 병집은 아내를 끈질기게 설득해 통장에 남아있는 돈으로 시드니 시내의 센트럴역 근처 서리 힐이라는 동네에 한국 교포 2세들을 주 타깃으로 하는 라이브클럽 'Cafe NEO'를 개업한다. 비록 한 층에 15평 남짓한 공간이었지만 2층에는 작은 무대가 매어졌고 3층에는 포켓볼 당구대도 들여놓았다.

주변에 NSW 대학, 시드니대학과 TAFE 등 한국 학생들이 많이 다니는 대학교들과 여러 단기 어학원들이 산재해있어 처음 얼마 동안은 그런대로 잘되는 듯했다. 그러나 그에게 내려주는 하늘의 축복은 거기까지였는지 한국에서 터진 IMF의 여파가 호주 시드니에까지 미쳐 근처에서 단골로 오던 유학원 면세점 등 모든 업소가 문을 닫고 직원들이 전부 한국으로 돌아가는 바람에 단골들이 끊겨 낮 장사는 물론이고 밤에도 매출이 형편없게 되었다. 몇 날 며칠을 괴로워하던 준집은 업소의 상호를 소주나라로 바꾸고 주 고객층을 일반 교포들로 바꿔 교포신문을 통하여 대대적인 선전을 하였다. 그러자 얼마 지나지 않아 손님들이 몰려들기 시작하였고 그 후 일 년 가까이 장사가 잘되었으나 대학생이 된 딸들이 주변의 친구들로부터 소주나라

집 딸들이라는 놀림을 받는다며 아내가 그만둘 것을 요구해와 준집은 그곳을 헐값에 처분한 후 아내와 별거에 합의하고 한국으로의 영구귀국을 결정한다.

사십 년 친구

ㅇ

　이제 더 이상 그의 몸에 젊음의 기운이 남아있는 것 같지 않았다. 공항에 내린 그를 반겨주는 환영객도 없었다. 이제부터는 혼자 살아가야 한다는 것을 알고 있었던 그는 아무에게도 연락 않고 아내에게 얻어온 몇 푼의 돈을 들고 신촌의 한 고시원을 찾았다. 그래도 살아는 가야 하기에 아침이 되면 고시원 밖으로 나와 일거리를 찾아 돌아다녀 봤으나 이미 너무도 많이 변해버린 세상 속에서 그가 할 수 있는 일은 아무것도 없었다. 어느 날 우연히 만난 옛날 친구가 그의 딱한 사정을 알고 인터넷으로 하는 음악 교육프로그램을 할 수 있도록 지원해주었으나 그것도 별 성과를 거두지 못하자 지원이 끊어졌고 강남의 고시원으로 갔던 준집은 다시 육 개월 만에 좀 더 값이 싼 고시원을 찾아 장한평으로 이사를 해야 했다. 남동생이 한번 찾아오긴 했으나 그 밖의 식구들은 어머니를 포함 그 어느 누구도 준집의 귀국에 관심을 두지 않았다. 어느 날 싸구려 점심을 찾아 종로로 나갔던 준집은 인사동길에서 우연히 이연실과 만났고 함께 전유성이 운영하는 업소를 찾았다가 전유성 덕분에 삼청동에 있는 '째즈 스토리'라는 곳에 초저녁 출연 가수로 취직을 하였다.

그리하여 또다시 병집으로 돌아오게 된 준집은 양병집이란 예명을 쓰며 매일 저녁 삼청동으로의 출근을 시작하였다. 이번에도 첫 한 달은 무난히 잘 넘겼다. 그러나 두 번째 달의 첫 주말에 병집이 김현식의 「내 사랑 내 곁에」를 불렀는데 객석의 앞 테이블 앉아있던 손님 중 한 여자가 「비처럼 음악처럼」을 신청하였고 준집이 그 노래는 준비가 안 돼 있다고 하자 그 여자가 "남의 곡 부르는 가수가 그 노래도 못하냐?" 하는 핀잔을 주었다. 순간 자존심도 상하고 열이 받친 병집은 자신의 처지를 까맣게 잊고 "나 참 더러워서 못 해 먹겠네." 하며 무대 밑으로 내려오면서 째즈 스토리와의 인연은 그렇게 허무하게 끝났다.

호주에서 들고 온 기타를 수리하러 이대 입구에 있는 성음기타라는 곳을 찾아갔는데 그곳 주인이 병집을 알아보고 "자신의 건물 2층이 현재 비어있는데 자신이 원생들을 구해줄 테니 그곳에 학원을 차려서 자신과 반반씩 나누면 어떻겠느냐?" 하는 제의를 해왔다. 그 무렵 자신에게 처한 상황이 너무나도 절박했던 병집은 앞뒤를 재어보지도 않고 그 제안을 무조건 수락하였고 그 덕분에 또다시 육 개월을 연명해갈 수 있었다.

남동생으로부터 어머니가 폐암으로 아산중앙병원에 입원해 계신다는 연락이 왔다. 병집이 병실로 달려가니 누나들과 동생들이 모두 와 있었다. 어머니는 물끄러미 병집을 보더니 단 한마디 "호주로 돌아가라."라는 말씀만 하시고 돌아누우셨다. 그리고 일주일이 채 안 되어 하늘나라로 올라가셨다. 어머니의 관 위에 덮인 흙을 밟으며 병집은 울고 또 울었다. "엄마는 왜? 왜? 나를 낳아가지고 평생을 나 때문에 그렇게 마음고생만 하시다 돌아가셨단 말입니까?" 병집은 알고 있었다. 자신이 형제들 그 어느 누구보다 어머니의 사랑을 가장 많이 받았다는 것을, 그러나 그것이 어찌 된 영문이고 인연인지 매번 어머니가 주려는 사랑의 방법과 병집이 받고 싶은 사랑의 방법이 달라 서로 갈등의 폭만 넓어지고 골만 깊어져 갔다는 것을.

어머니가 돌아가시며 남겨준 유산의 반은 어머니의 장례식에 참석하기 위해 호주에서 날라왔던 아내 명희 몫으로 돌아갔고 나머지 반을 차지한 병집은 그 돈으로 강남의 원룸을 얻게 된다.

그리고 얼마 되지 않아 큰딸 윤정이 대학을 졸업하고 한국에 있는 외국기업에 취직하게 되어 한국으로 들어왔다. 병집도 일거리가 필요했다. 그러나 병집에게 여기 와서 일해보라고 불러주는 곳은 전국을 통틀어 단 한 곳도 없었다. 배운 게 도둑질이라고 그는 어머니 유산 중 원룸을 얻고 남은 돈으로 음반 기획일에 다시 손을 대고 '십육년 차이'의 형으로 이름을 바꿔 독립을 선언한 김하용덕과 싱어송라이터 손지연의 음반을 제작한다. 손지연의 음반은 그런대로 매출을 기록했지만 김하용덕의 앨범은 속된 말로 죽을 쒔다. 그런 식으로 하루하루를 보내던 어느 날 그는 한 신문사의 최규성이라는 기자의 전화를 받는다. 만남의 장소로 나간 그는 최규성 기자로부터 김광석이 부른 「두 바퀴로 가는 자동차」와 관련한 질문을 받는다. "그 노래는 지금 들어도 신선한데 그때 무슨 생각으로 그런 가사를 쓰셨나요?" "김광석은 80년대 초반 어느 통기타 모임에서 한두 번 얼굴을 스친 정도의 후배인데 그 친구가 그 노랠 불렀다고?" 병집으로서는 처음 듣는 이야기였다. 그도 그럴 것이 그는 광석의 음악에 별 관심을 두지 않았고 자신이 제작한 가수의 홍보에만 온 신경을 쓰고 있었기 때문이다. 아무튼 그 일로 그 기자가 기획한 〈청개구리 시즌2 콘서트〉에서 다시 양병집으로 노래를 하게 되었고 그 후 EBS의 〈열린공감〉이라는 프로에도 출연하게 된다. 연이어 KBS 〈콘서트 7080〉과 〈울산 포크 페스티벌〉까지 다시 양병집의 이름으로 살아가게 된 것이다.

울산방송의 최 부장이라는 사람으로부터 고래축제의 일환으로 개최되는 〈울산 포크 페스티벌〉에 출연해달라는 요청의 전화를 받는다. 출연료가 삼백만 원이라 하여 느긋한 마음으로 비행기를 타고 울산공항에 내리니 울산방송국 차가 병집을 기다리고 있었고 차 안에는 「옛 시인의 노래」를 부른 한경애도 타고 있었다. 그녀가 동아방송의 영시에 다이얼 디제이를 할 때 한번 출연한 적이 있어 서로 구면인 두 사람은 서로 반갑게 인사를 나눴다. 공연 현장에 도착하여 무대 뒤 대기실로 가니 양희은은 이미 도착해 있었다. 출발하기 전 출연자 명단에서 양희은이 출연한다는 사실을 알고 있었던 병집은 둘째 누나에게 전화를 하여 도움을 요청했다. "누나.", "응, 웬일이니?", "사실은 그 옛날 내 첫 리싸이틀에 양희은이 찬조 출연 한 적이 있거든?", "그런데?", "그런데 그때 내가 세상 물정을 몰라서 양희은한테 출연료를 안 줬단 말이야. 그래서 얘긴데 누나한테 고급 화장품 있으면 하나만 줄래?", "알았어, 이따 우리 집으로 와." 그렇게 해서 병집은 누나에게 비싼 거라는 단서가 붙은 외제화장품 하나를 준비해 내려갔다. 그러나 그것으로는 충분치 않다고 판단한 병집은 흰 봉투에 삼십만 원을 넣어 만약 울산에서 희은을 만나면 건네주려고 마음의 준비를 하고 내려갔는데 양희은이 흰 텐트로 만들어진 대기실 안 의자에 앉아 있었다. 병집이 먼저 인사를 했다. "희은 씨, 오래간만이네요." 그러자 희은이 병집을 보며 인사를 했다. "어, 병집 씨. 오래간만." 반말도 아니고 존댓말도 아닌 희은의 인사에 병집도 마음이 편안해져 같은 어투의 말을 했다. "희은 씨, 이거 내가 희은 씨 만난다고 하니까 우리 마누라가 희은 씨 주라고 보내왔어." 차마 누나까지 들먹일 수 없어서 그렇게 말하고 동시에 흰 봉투를 꺼내 희은에게 "이건 사십 년 전의 출연료." 하며 건넸더니 그녀는 앉은 채로 봉투를 받고 병집을 올려다보며 "죽을 때가 됐어?" 하고 말했다. 병집이 "아니 왜?" 했더니 "사람이 죽을때 되면 다 착해진 데." 하며 웃어서 병집도 겸연쩍게 따라 웃었다.

저항 가수

어떤 일을 완수하기 위해 환상적인 영웅이 될 필요는 없다.

도전적인 목표에 도달하려는 동기가 충만한 사람이면 족하다.

1953년 세계 최초로 에버레스트 봉에 오른 뉴질랜드의 에드먼드 힐러리 경이 했다는 말이다.

친구의 도움으로 '뮤즈콜'이라고 하는 인터넷 음악교육 방송을 시도하고 있을 때 부산에서 활동하고 있는 음악 평론가 김형찬이라는 사람으로부터 병집에게 전화가 걸려왔다. 자신이 모 대학원 졸업 작품으로 병집에 관한 동영상을 제작하고 싶다는 내용이었다. 서로 만나기로 약속이 정해진 날 그는 한 명의 카메라맨을 대동하여 병집의 사무실로 찾아왔다. 인터뷰 내용은 젊은 시절 병집이 번안하거나 개사한 곡들에 대한 질문들이 대부분이었다. 그리고 그는 자기 나름의 논리를 근거로 하여 병집이 진정한 한국 최초의 저항 가수라고 주장을 했다. 그의 말을 듣고 병집은 약 40년 전 일을 떠올렸다.

서울공대생들이 청량리역 앞에서 유신헌법 반대 데모를 할 때 병제를 따라갔다가 경찰에 잡혀 경찰서까지 끌려가 당했던 수모가 생각났다. "이 새끼는 서울대도 아니잖아. 야 임마 너는 어느 대학이야?", "서라벌예댄데요.", "뭐야? 서울대도 아닌 새끼가 여긴 왜 껴? 학생증 내놔 봐.", "중퇴했는데요.", "뭐 이런 놈이 다 있어? 너는?" 그 형사가 병제에게 심문을 할 때 병집은 경찰서 전화로 잽싸게 당시 코리아 타임스에 근무하던 그의 매부에게 전화하여 매부와 통화를 마친 형사가 풀어주는 바람에 그날 곤경에서 벗어난 일이 있는데 그 후로는 노래로만 반항했지 실제 행동으로 저항을 한 적이 없기에 밖에 대놓고 나는 저항 가수다 하고 말하거나 생각해본 일이 없었다. 그래서 병집은 속으로 "내가? 그건 아닌데" 하면서도 굳이 그런 말을 입 밖으로 낼 필요는 없다고 생각되어 가만히 듣고만 있었다. 병집 자신이 생각하는 한국 최초의 저항 가수는 김민기인데 그것을 두고 그 자리에서 그와 논쟁을 벌이거나 설파하기 위한 노력까지는 할 필요성을 못 느껴서였다. 아무튼 그날 두 시간 넘게 녹화했던 것은 얼마 뒤 탤런트 정보석의 진행으로 EBS 방송을 통해 방영되었다.

병집이 알기로는 미국에서도 가수의 이름 앞에 저항 가수라는 별칭이 붙는 것은 우디거스리나 피트시거 그리고 필 옥스 등이 있었지만 보다 본격적인 저항 가수로 많은 대중에게 알려진 것은 밥 딜런이 유일한 걸로 알고 있었다. 그러나 병집이 밥 딜런의 〈Another Side Of Bob Dylan〉에 수록된 노래들을 처음 들었을 때는 너무 이상하여 턴테이블에 올려놨던 LP 판을 끝까지 못 듣고 중간쯤에서 내려놓았었다. 그때만 해도 병집 역시 밥 딜런이란 가수의 가사에 대한 이해가 별로 안 되어 있었기 때문이었다. 그 후 포크가수 이연실의 부탁을 받고 사전을 뒤져가며 한 곡 한 곡 번역해가면서 밥 딜런의 가사가 가진 특유의 깊은 의미를 조금씩 이해해나가기 시작했던 것이다. 그런 과정을 통하여 병집은 미국 현대 포크가 가지고 있는 정신 세계에 대한 이해도를 높일 수 있었고 그러한 정신들을 한국말로 번안 또는 개사하면서 자신의 작품에 반영한 것이다. 그 대표적인 케이스로 PPM의 「Weep For Jamie」를 개사한 「잃어버린 전설」이란 곡이나 우디거스리의 「New York Town」이란 곡에 한국 상황을 대입한 「서울 하늘」을 꼽을 수 있겠다고 양병집은 말한다.

큰딸과 작은딸

큰딸이 호주로 돌아가 법률 공부를 하겠다고 하였다. 모건 스탠리를 다녀보니 경영학이 자신의 적성과 안 맞는다는 걸 알게 됐다는 게 이유였다. 이미 여러 면에서 자신보다 나은 선택과 판단으로 스스로 독립적인 인생을 잘 개척해 나가고 있는 딸에게 준집이 해줄 수 있는 말은 별로 없었다. 떠나기 전날 둘은 마주 앉아 서로의 안위에 관하여 얘기를 나누는 시간을 마련하고 있었다. 병집이 먼저 "그래, 고맙다, 윤정아. 내가 무슨 말을 할 수 있겠니…. 아버지로서 너희들에게 안정된 모습을 보여주지 못해 미안할 따름이다." 그 말에 윤정이 화답을 했다. "아니야, 아빠. 나는 아빠 마음 이해할 수 있어. 내가 지금이라도 내 길을 찾아가려 하듯 아빠도 아빠 길을 찾고 싶었던 것일 테니까." 이미 어른이 다 된 큰딸로부터 그런 말을 듣게 된 병집은 본인이 기대하지 않았던 격려의 말이 나오자 눈이 빨개지면서 울음이 나오려 하고 있었다. 병집은 자신이 미리 준비한 봉투를 꺼내며 "이건 얼마 안 되지만 호주 가서 책 사 보는 데 써." 하며 백만 원이 들어 있는 봉투를 꺼내 건네려 하자 윤정이도 봉투를 하나 꺼내며 "아빠, 이거 이백만 원이야. 이제부턴 아빠 혼자 한국에서 지내야 되는데 무슨 일이 생기면 비상금으로 쓰세요." 하는 것 아닌가. 그러자 병집의 눈에선 참고 있던 눈물이 터져 나왔다. "우리 윤정이 정말 다 컸구나. 됐어 난 필요 없어. 너 가져가서 책값으로 써.", "아니야, 아빠. 그동안 내가 월급에서 조금씩 모은 거야." 그렇게 양 씨 모녀는 그날 밤 석별의 정을 나누고 각자의 방으로 들어가 단잠을 이뤘다.

한편 작은딸도 큰딸과 같은 뉴사우스 웨일즈대학에서 의학 공학을 전공하고 졸업했으나 그녀도 적성이 안 맞아 이번엔 치과 공부를 하겠다며 시드니대학에 들어갔다는 소식을 보내왔다. 그러면서 치의예과는 책값이 많이 드니 한 달에 책값 천 불씩 보내 달라고 하였다. 큰딸과 달리 말수가 적은 작은딸은 전화로도 그렇게 많은 말을 하지 않았다. "돈 없으면 팔백 불만 부쳐.", "아니, 천 불 부칠게.", "알았어. 무리는 하지 말고.", "그래, 공부 열심히 해." 아버지로서의 체면도 있고 하여 그렇게 큰소리를 치긴 했지만 병집의 주머니 사정은 그다지 넉넉지 않았다. 작은딸과 통화를 하고 난 다음날부터 병집은 점심을 먹을 때 주로 한솥의 천칠백 원짜리 새댁도시락이나 종로로 나가는 날

이면 보화장의 이천 원짜리 짜장면을 찾아다녔다. 음악 평론가 박성서 씨의 소개로 만난 김모 씨에게 「두 바퀴로 가는 자동차」와 또 다른 번안곡 「소낙비」의 어문저작권을 팔아 가면서….

진성이 형과 원섭이

손지연의 앨범을 홍보하는 과정에서 연락이 닿았던 진성이 형으로부터 전화가 왔다. "뭐 해요? 병집 씨?", "그냥 집에 있는데요", "우리 동네 와서 나랑 커피 한 잔 할래요?", "그러죠, 뭐." CBS와 TBC 피디를 거친 그 형은 그 당시 KBS 〈가요무대〉의 총연출인가를 하고 있었다. 부드러운 사각형 얼굴에 웃을 때면 천진난만한 어린아이처럼 보이는 그 형이 전화할 때면 병집은 군소리 않고 얼른 달려가곤 했었다. 가요계 선배도 선배이려니와 용건이 없으면 전화를 안 하는 성격이란 걸 알고 있었기 때문이다. 더욱이 상도동에서 가까운 신대방동이기에 택시값 부담도 없었다. "왔습니다, 형님." 두 사람은 김 피디 집 근처의 한 식당에서 점심을 같이하고 근처 커피숍으로 자리를 옮겼다. "병집 씨.", "네, 형님.", "인천에 내가 아는 후배가 흐르는 물이라고 카페를 하나 하는데 그 후배가 그렇게 병집 씨를 만나고 싶대.", "그래요?", "나를 봐서라도 한 번만 갔다 와줘, 응? 병집 씨." 병집은 원래 지방에 가는 것이나 카페 사장들 만나는 것에 대하여 그다지 좋아하는 편이 아니었다. 그 이유 중 하나는 70년대에 지방에 가서 겪었던 경험에 대한 인상이 좋은 편이 아니었고 카페주인들은 대체로 매너가 좀 질퍽하다는 편견 비슷한 것을 가지고 있었기 때문이다. 그러나 이 경우 진성이 형의 부탁이기 때문에 병집은 거절할 수가 없었다. "그러죠 뭐. 형님 말씀인데 제가 어떻게 거절하겠어요." 그렇게 해서 며칠 뒤 어느 화창한 주말에 병집은 진성이 형으로부터 받은 전화번호를 들고 동인천행 전철에 오른다.

동인천역에 도착한 병집은 진성이 형에게서 받은 번호로 전화를 걸었다. "네, 안원섭입니다.", "저는 양병집이라고 하는데요.", "어이구, 형님. 어디십니까?", "지금 동인천역 앞인데요.", "제가 그리로 모시러 가겠습니다.", "아니, 그러실 필요 없고 진성이 형한테 설명들었는데 제가 신포동으로 가겠습니다.", "그럼 신한 은행 옆에 청실홍실로 오세요. 제가 그리로 가겠습니다." 그의 설명을 듣고 병집이 청실홍실을 찾아가니 모밀국수와 만두를 전문으로 하는 집이었다. 병집이 그 업소에 들어가 기다리니 잠시 뒤 미국의 오토바이족 같은 복장에 콧수염과 머리를 장발로 기른 사내가 병집 앞에 나타났다. 그는 허스키한 목소리로 "이렇게 와주셔서 너무 영광이고 반갑습니다. 형님!" 하였다. 큰 덩치에 그렇게 말하고 행동하는 게 귀엽기도 하여 병집이 피식 웃으니 그는 또 "고맙습니다." 하며 절을 한 번 더 하였다. "저녁 드셨습니까?" 하고 물어와 병집이 "아니요 아직." 하고 대답하니 "뭐를 좋아하세요?" 하고 다시 물어와 "나도 모밀을 좋아해요. 찐만두도 좋고." 하고 대답하였고 두 사람은 모밀 두 장과 만두를 주문해 먹으며 대화를 나누기 시작했다. 그는 그날 이후 여러 차례 자신의 카페 흐르는 물에서 병집이 공연할 수 있는 기회를 만들어 주었으며 그밖에 인천에서 열리는 행사에 병집을 초청하여 주었다.

곽 사장

　병집의 나이도 어느덧 육십이 넘어가고 있었다. 넷째 누나에게 간의 반을 제공하고 받은 사례비도 윤경이 책값과 본인 생활비로 몇 년을 사용하고 나니 수중에 남은 돈이 얼마 없어 김 사장이란 사람에게 어문저작권을 넘긴 것인데 넘긴 지 얼마 되지 않아 곽근주라는 사람에게 연락이 왔다. 내용인즉슨 자신이 이연실의 「소낙비」라는 CD를 복각하였는데 김 사장이란 사람이 그것을 근거로 하여 자신에게 손해배상 소송을 걸었다는 것이었다. 그의 사무실을 방문하여 자초지종의 설명을 들은 병집은 서울 지방법원에 그와 함께 가서 그 곡과 관련된 사연들을 직접 설명하며 그의 편을 들어주게 되었는데 그 일을 계기로 그와 자주 연락하며 지내는 사이가 됐다. 그러고 나서 이 년쯤 세월이 흘러 그가 병집이 제작했던 그룹사운드 동서남북의 판권을 인수하겠다고 제안을 해와 당장 생활비가 필요했던 병집은 자신이 사십 년 전에 천만 원을 들여 제작했던 동서남북 앨범의 판권을 오백만 원을 받고 그에게 넘겼다.

그리하여 또다시 약간의 돈을 마련하게 된 병집은 자신의 앨범에 미련을 버리지 못하고 그중 삼백만 원을 들여 여덟 번째 앨범을 제작해본다. 그러나 나름대로 최선을 다했음에도 시장의 반응은 별로였다. CD가 나온 지 두 달이 넘어 석 달이 다 되었건만 병집을 불러주는 방송국은 그 CD와 관계없이 KBS에서 기획한 한국 포크음악 50년 특집에 한대수와 함께 불러준 것 단 한 번뿐이었다. 집에서 자신의 CD를 포타블 플레이어에 걸어놓고 병집은 이렇게 혼잣말을 하였다. "어머니 말씀에 공부도 다 때가 있다 하시더니 음악도 마찬가지로구나. 이게 내 팔자인가 보지 뭐 어떡하겠어."

다시 찾은 시드니

치과대학을 졸업한 작은딸이 시드니에서 결혼한다 하여 다시 호주를 찾은 병집은 공항으로 마중 나온 작은딸 윤경과 사윗감 호종의 차를 타고 큰딸이 예약했다는 시내 이비스 호텔에서 여장을 풀었다. "엄마와 언니는?" 병집이 작은딸에게 물으니 "응, 좀 있다 오후에 올 꺼야." 하고 대답했다. "뭐 먹고 싶은 거 없어, 아빠? 아침 먹어야 되잖아.", "글쎄다, 안 먹어도 되는데 굳이 먹어야 한다면 오래간만에 월남국수나 하나 먹을까?" 작은딸과 그러한 대화를 나누고 차이나타운의 한 식당에서 그들과 함께 식사를 마친 후 타운홀 앞을 좀 걷다가 호텔로 돌아오니 큰딸과 아내가 호텔 방으로 찾아왔다. 그들이 다녀간 후 병집은 혼자서 호텔을 나와 PITT Street KENT Street 등 시내의 거리를 걸어 다녔는데 병집이 호주를 떠난 지 십 년이 다 됐음에도 타운홀 앞에 큰 건물 하나 들어선 것 이외에는 별로 변한 게 없었다. 작은딸의 결혼식 당일 병집은 한국에서 준비해 간 양복을 차려입고 큰딸이 운전하는 차를 타고 결혼식이 열리는 오번성당으로 향했다. 다행히 약간의 여분이 있어서 비행기 티켓과 간단한 선물은 준비해 갔지만, 결혼식과 피로연 비용 등 모든 것은 병집의 아내와 사돈 될 집에서 부담하였다. 기쁘고 즐거워야 할 작은딸의 결혼식이건만 병집의 마음은 마냥 즐겁지만은 않았다. 어려서부터 친가와 외가의 구별을 심하게 하는 편인 병집의 부모님은 손녀 둘을 놓고도 편애를 하시어 작은손녀보다 큰손녀를 더 예뻐하셨기 때문이다. 설상가상으로 병집이 시드니에서 아내와 이혼한다 만다 하며 부부싸움을 심하게 할 당시 하루는 병집이 아내와 말다툼할 때 거실로 나와 부부싸움을 말리려는 작은딸에게 "만약 엄마 아빠가 헤어지면 넌 엄마랑 닮았으니 엄마 따라가!" 하는 폭언을 하였는데 그때 그 일이 문득 생각났기 때문이었다. 사위는 그곳에서 전문대학만 졸업하고 타일 사업을 한다고 했다. 아무렴 어떠랴 그가 내 딸을 사랑해주고 둘이 사이좋게 살아만 준다면 병집은 그걸로 만족해야 하는 입장이었다. 그리고 작은딸도 그 결혼식에 만족하고 행복해하는 것 같아 병집도 작은딸의 손을 잡고 아일(가운데 통로)로 걸어 들어가며 세례명이 요셉인 병집은 오래간만에 성모 마리아께 감사드렸다.

결혼식과 피로연이 끝나고 새로 이사했다는 리드콤 아파트에 들른 병집은 아파트는 새로 지은 것 같은데 안에 들어 있는 가재도구들로 보아 아내와 큰딸이 그리 풍요롭게 지내지는 못하는 것 같아 이 모든 게 자신의 탓이라고 생각하며 가슴에 아픔을 느꼈다. 그날 저녁 큰딸의 차로 병집이 십오 년간 살았던 시드니를 한 바퀴 돌았는데 늙어서 감정이 메말랐는지 아니면 즐거웠던 추억이 그다지 많지 않아서 그랬는지 애들이 어릴 때 함께 살던 애쉬필드와 아내와 함께 실내포장마차를 했던 캠시 말고는 병집의 가슴을 울먹거리게 만드는 장소는 그다지 많지 않았다. 그래도 다음 날 아침 한국행 비행기에 오를 때는 이제 그들과 시드니를 두 번 다시 못 보게 될지도 모른다는 생각에 병집의 눈가엔 약간의 눈물이 고이긴 했다.

수만 리 먼 길

병집의 후배 중 한 명이 홍대근처 소극장에서 콘서트를 하는 날 공연장을 찾았던 병집은 들국화 원년 멤버 조덕환을 만났다. 후배의 공연이 끝난 후 병집과 덕환은 근처 홍대 앞 놀이터로 가서 맥주를 마시며 이야기를 나누었다. "그동안 어떻게 지내셨어요, 형은?", "나도 덕환 씨 미국 갔었던 것처럼 호주로 이민을 갔었자나.", "네, 들었어요.", "우리 같은 사람들 스토리야 다 비슷하지 않아? 고생만 직사하게 하다 왔지.", "아주 들어오셨어요?", "응 그런 셈이지 덕환 씨는?", "저두 아주 들어왔어요. 뉴욕에서는 뭐 세탁소에서 일하고 틈틈이 곡 쓰고.", "그랬구나. 우리 두 사람은 비슷한 점이 많아 부모님도 그렇고…", "형네 집에서도 반대가 심했죠?", "덕환 씨나 나나 팔자가 비슷해." 그와 그렇게 얘기를 나눈 후 얼마 있다가 그로부터 CD를 한 장 받았는데 그것은 그가 한국으로 들어와 루비라는 레코드회사에서 만든 자신의 자작곡만 들어 있는 앨범이었다. 그것을 집으로 가져와 전곡을 들어 본 병집은 이심전심, 동병상련의 감정을 느낀다. 그리고 한동안 병집이 아는 인맥을 동원하여 부산 인천 강릉 등에서 함께 공연도 하는 등 같이 활동을 했지만, 대중의 반응은 그저 그런 편이었다.

얼마 뒤 병집은 그의 아내로부터 그가 십이지장 암으로 사망했다는 소식을 듣는다. 장례식장인 연세 세브란스병원에 갔을 때 장례식장엔 들국화의 최성원 클론의 강원래 등이 조문객으로 와있었다. 모두가 침울해하고 있을 때 병집은 영화 〈선샤인〉의 한 장면이 생각났다. 사랑하는 여인의 화장재를 뿌리며 선샤인 노래가 흘러나오는…. 병집은 만약에 대비해 들고 갔던 기타를 꺼내 노래를 불렀다.

"칸트리 로드 테익 미 홈 투더 플레이스 아이 빌롱 웨슐 버지냐 마운튼 마마 테익 미 홈 칸트리 로드…."

그의 아내도 후일 병집의 그러한 행동을 감사해했다.

큰딸의 결혼식

○

작은딸의 결혼식을 마치고 한국으로 돌아온 병집은 또다시 혼자 살아가야 하는 방법을 찾아내야 했다. 상도동의 옥탑방에 앉아 이 궁리 저 궁리를 하던 병집은 일단 주민센터에 가서 차상위 소득자 등록을 했다. 그런 후 틈틈이 거리로 나가 버스킹을 시작했다. 처음엔 이태원 신촌 등에서 했는데 이태원은 외국인들이 많이 빠져나가서 그런지, 신촌은 젊은이들의 거리라서 그런지 예상외로 수입이 많지 않았다. 그래서 병집은 기타 들고 노래하는 대신 크로메틱 하모니카를 들고 혜화역 통로나 노량진역 중간계단 등 하모니카 소리가 잘 울려 퍼지는 장소들을 찾아 돌아다니며 버스킹이라기보다는 구걸에 가까운 행위를 하며 생계를 유지해나갔다. 그러나 그것도 만만치 않았던 것이 때로는 역사 안으로 울려 퍼지는 악기 소리를 듣고 역무원이 찾아와 밖으로 내쫓기는 경우가 많았다. 운이 좋아 그런 일이 발생하지 않는 날은 육, 칠만 원도 벌었으나 재수 없는 날은 만

원도 못 벌고 쫓겨나는 날도 허다했다. 하루는 이런 생각도 했다. "말이 좋아 저항 가수지 이렇게 살아서 뭐 하나. 그냥 이제라도 조용히 사라져 버릴까?" 그렇게 또 반년쯤 버텼을까 이번엔 한용길이라는 사람으로부터 연락이 왔다. 파주시에서 〈파주 포크 페스티벌〉이라는 걸 하는데 가수로 와서 노래를 해달라는 것이었다. 그 무렵 홍대 쪽에 갔다가 놀이터라 불리는 공원에서 만나 상도동 옥탑방에서 동거하던 민수홍과 벙어리 바이올린의 가수 윤설하와 밴드 비슷한 걸 구상하던 병집은 〈파주 포크 페스티벌〉에 그들과 함께 출연하였으나 이번에도 그다지 센세이셔널한 반응을 얻어내지 못하고 만다. 병집은 "이래도 안 되고 저래도 안 되는군." 하며 "이제 음악은 접어야겠네." 하며 음악 활동을 접을 결심을 한다.

그 비슷한 시기에 큰딸이 한국에서 결혼하게 됐다며 방한을 하였다. 신랑 될 사람의 부모님이 부산에 사시기에 부산에서 결혼식을 하기로 했다고 연락이 왔다. 부산으로 내려가기 전 하룻밤을 묵기로 했다는 강남의 COEX 호텔로 가니 큰딸과 사윗감이 로비로 나와 기다리고 있었다. 서로 반갑게 인사를 나누고 커피샵에서 큰사위와 간단하게 대화를 나누었다. "그래 둘이 어떻게 만났나?", "제가 학교 졸업하고 호주에 영어 연수 갔다가 만났습니다.", "학교는 어디?", "건국대 졸업했습니다.",

"흠, 글쿠만." 그러자 윤정이 두 사람 사이의 대화에 끼어들었다. "어때, 아빠?", "어떻기는 너희 둘이 잘 맞으면 되지. 내가 무슨 할 말이 있겠니." 그녀의 말뜻은 대학을 두 번 다닌 끝에 이제 막 변호사가 된 자신이 보통 남자를 데리고 와서 혹시라도 아빠가 실망하지 않을까 하고 확인해 보려는 것 같았다. 그렇지만 이번에도 병집은 큰딸의 결혼과 관련된 모든 준비를 아내와 사돈댁이 서로 의논하여 진행하는 상황이었기에 그저 묵묵히 지켜보기만 하면 되는 입장이었던 것이다. 작은딸의 결혼 때도 그랬지만 병집은 또다시 아비는 아비로되 허수아비와 같은 신세가 된 것이다. 그래도 큰사위의 성격도 온화한 것 같고 다음 날 부산으로 내려가 만난 바깥사돈 내외의 인품도 두 분 다 훌륭해 보여 병집은 '아 정말 다행이로다.' 하는 생각을 했다.

양씨네 전설

양 씨네 집안을 넓게 해석하여 기술하면 준집의 큰할아버지이자 독립운동가였던 양우조 씨가 어쩌면 가장 유명한 인물일 것이다. 그리고 준집의 친할아버지 섬조는 역시 독립운동가였던 아들 제오를 두었었다. 그러한 사실들을 바탕으로 정신 무장을 하고 있던 그 집의 막내아들 제을은 비록 본인이 상업에 종사하고 있었지만, 자신의 늦둥이 아들 준집에게 큰 기대를 걸었다. 그러나 자신의 사업에 매달려 부침을 반복하는 사이 큰아들 교육 문제를 등한시한 것에 대한 후회를 시드니에서 어느 날 부자지간에 마주 앉았을 때 고백한 일이 있다.

그러나 다른 집안들도 그러하듯 오늘날에 와서는 직계가족의 식구들만 가족으로 꼽는 게 일반화되었다. 준집의 형제들 중 기질적으로나 생김새로나 병집과 가장 흡사한 사람은 막내여동생 혜경이었다. 그녀는 병집처럼 농담을 좋아했고 마음씨도 여려 눈물이 많았으며 그래서 병집처럼 약자동정 하기를 좋아했다. 인물도 고와서 주변 친구들이나 친척들에게 예쁨도 많이 받았는데 그녀는 육십을 갓 넘긴 나이에 위암으로 사망했다. 여동생의 장례식장에서 돌아오며 병집은 흥망성쇠라는 단어를 떠올린다. 이러니저러니 해도 양씨 집안이 가장 잘나가고 가족 구성원 모두 행복을 느낄 때는 그녀가 태어나고 어머니가 돌아가신 사십오 년 동안이었기 때문이다. 그동안 양씨 집안에 얼마나 많은 부침이 있었던가 회현동에서 묵정동으로 그러다 다시 회현동으로 왔다가 제을이 집을 장만하며 청운동으로 그리고 거기서 더 번창해 창성동 한옥으로 갔다가 광산 놀음에 쫄딱 망하여 옥인동 셋방으로. 그사이 그래도 아버지 제을이 잘나갈 때 큰딸과 작은딸이 결혼해 출가했고 셋째와 넷째는 부모가 옥인동 살 때 결혼을 하는 바람에 부모로부터의 혜택을 별로 받지 못한 상태에서 출가를 해야 했으며 그러다 제을이 재기에 성공하는 덕분에 나중에 태어난 준집, 경집, 혜경은 별 어려움 없이 유복하게 자라날 수 있었다. 그러면 무엇하나 흘러가는 세월 따라 아버지 제을이 떠나고 어머니 경패는 폐암으로 그리고 넷째 혜숙도 간암으로 세상과 하직하고 병집의 둘째 매부 규온에 이어 이제 막내 혜경이까지 망인이 되어버린 것을… 양씨 집안은 그렇게 서서히 몰락해가고 있었다. 그날 상록수역에서 내려 안산의 기나긴 골목길을 걸어 올라오며 병집은 윤심

덕의 「사의 찬미」를 흥얼거렸다.

"끝없는 광야를 달리는 인생아 너는 무엇을 찾으러 왔느냐

이래도 한 세상 저래도 한 세상 돈도 명예도 사랑도 다 싫다~"

그리고 병집은 마음가짐을 새롭게 하였다. "이제 더 이상 욕심은 내서 무엇하리요. 젊은 사람들이야 아직도 살아갈 날들이 창창하게 많이 남아있으니 꿈도 꾸고 욕심도 내본다고 하지만 나야 이제 살날도 얼마 남지 않았는데 더 이상 무얼 바라겠는가? 욕심을 내봐야 어차피 이루어지지도 않을 텐데…."

아직도 집까지의 거리가 많이 남았다고 느낀 병집은 양희은의 「늙은 군인의 노래」를 즉흥적으로 개사해서 한 곡 더 불렀다.

"나 태어난 이 강산에 딴따라 되어

꽃피고 눈 내린 지 어언 사십오 년

무엇을 하였느냐 무엇을 바라느냐

나 죽어 이 강산에 묻히면 그만이지

아 다시 못 올 흘러간 내 청춘

청바지에 실려 온 꽃다운 이 내 청춘

마누라 내 두 딸아 서러워 마라

너희들은 자랑스런 가수의 가족이다

좋은 옷 입고프냐 맛난 것 먹고프냐

그래라 그렇지만 아빠는 돈이 없다

아 다시 못 갈 지나온 내 인생

통기타에 실려 온 허망한 나의 인생"

Bob Dylan's Dream

While riding on a train goin' west,
I fell asleep for to take my rest.
I dreamed a dream that made me sad,
Concerning myself and the first few friends I had.

With half-damp eyes I stared to the room
Where my friends and I spent many an afternoon,
Where we together weathered many a storm,
Laughin' and singin' till the early hours of the morn.

By the old wooden stove where our hats was hung,
Our words were told, our songs were sung,
Where we longed for nothin' and were quite satisfied
Talkin' and a-jokin' about the world outside.

With haunted hearts through the heat and cold,
We never thought we could ever get old.
We thought we could sit forever in fun
But our chances really was a million to one.

As easy it was to tell black from white,
It was all that easy to tell wrong from right,
And our choices were few and the thought never hit
That the one road we traveled would ever shatter and split.

How many a year has passed and gone,
And many a gamble has been lost and won,
And many a road taken by many a friend,
And each one I've never seen again.

I wish, I wish, I wish in vain,
That we could sit simply in that room again,
Ten thousand dollars at the drop of a hat,
I'd give it all gladly if our lives could be like that.

인생에서 얻은 교훈

병집의 가수로서의 운명은 '잊을 만하면 한 번씩' 다시 나타났다.

대구의 고택음악회와 대구 포크페스티발이 그랬고 인천 트라이 볼 공연과 '십육년 차이'의 인천공연 찬조 출연이 그랬다. 그 바람에 오진동이라는 인천의 공연기획자를 알게 되었고 그와 의기투합하여서 하기로 한 재미난 사람들 프로젝트로 인해 병집은 유튜브라는 세계에 눈을 뜨게 된다. 그런데 악마는 디테일에 있다고 막상 일을 진행하다 보니 오 감독이라는 사람과 병집의 유튜브에 대한 컨셉은 전혀 다른 곳에 있었다. 동상이몽 같은 경우였다. 결국 칼날을 쥔 쪽이 병집 쪽이 되어 그 프로젝트를 포기하고 병집은 친구에게 돈을 빌려 서울 동묘시장에서 옷 장사를 겸한 유튜브방송을 시도해본다. 그러나…

처음의 생각은 한쪽으로 옷을 팔아 거기서 버는 돈으로 유튜브방송을 해나간다는 것이었는데 그것은 어디까지나 병집 혼자만의 야심 찬 계획이었을 뿐 현실은 그렇지 못했다. 아니 하늘은 그의 편이 아니었다. 그가 옷가게를 시작하기 바로 전 코로나19가 발병을 했는데 병집은 그것도 사스나 메르스처럼 시간이 지나가면 해결 날 문제로 판단했다. 거기에 더하여 가게 문을 열자마자 시작된 장마는 그 뒤에 찾아온 태풍과 더불어 그해 여름 두 달을 넘게 계속되면서 가게 보증금을 포함 삼천만 원이란 얇은 자본으로 시작한 그 일은 결국 넉 달 만에 접지 않으면 안 되는 상황으로 그를 몰고 갔다. 초기 시설비와 유튜브 장비 그리고 월세와 종업원 인건비 때문이었다. 동묘에서 철수하여 이태원 투룸에서 와신상담하던 그는 자신의 둘째 누나 등 주변 사람들의 도움으로 점차 원래 상태로 돌아오게 되었고 다시 한번 기운을 내어 '멍석티비'란 이름으로 유튜브 방송을 시작했다.

멍석티비를 시작하며 병집이 꾸었던 꿈은 대형기획사의 훈련된 아이돌 가수들과 이십 대가 주류를 이루는 인디씬의 사이에서 음악성은 있으나 자체적인 기획력을 갖추진 못한 음악인들에게 일종의 멍석을 깔아주는 플랫폼 역할을 하는 유튜브방송을 해보는 것이었다. 그러나 이것도 막상 해보니 자신이 가진 역량보다 훨씬 감각적인 콘텐츠나 아이디어를 만들어내는 유튜버들이 많음을 알게 되었다. 음악적 순수성만으로 승부하던 시절은 이미 오래전에 지나가 버렸다는 것도 깨닫게 되었다. 그리고 거기에 이제는 메타버스까지…. "아 이제 나의 시대는 가버렸구나. 더 이상 몸부림쳐봐야 내 실력으로 될 수 있는 일은 아무것도 없어. 누구 말처럼 늙은 아저씨답게 조용히 살다 가야지." 하는 결론을 내리게 된다.

병집은 알고 있다. 이제 굳이 세상에 나가서 무엇인가 생산적인 일을 하려고 노력을 안 해도 된다는 것을, 큰딸은 큰딸대로 작은딸은 작은딸대로 각자 호주의 변호사와 치과의사로 자신들의 인생을 잘 개척하고 관리하며 무난히 살아가고 있다는 걸 매우 잘 알고 있기 때문이다. 비록 자신의 인생은 수많은 시행착오 속에서 많은 우여곡절을 겪었다 하나 착하고 현명한 그리고 정숙한 여자를 아내로 맞은 덕분에 두 딸을 본인보다 훌륭하게 키워냈으니 "그만하면 본인의 인생도 그다지 실패한 인생은 아니지 않은가?"라고 스스로 위로하면서 말이다. 그는 이태원의 한 언덕에서 서편에 물든 석양을 바라보며 낮은 목소리로 한국말로 바꾼 「밥 딜런의 꿈」이라는 노래를 불러본다.

"서쪽으로 향하는 기차 안에서 휴식을 위해 잠시 눈을 감는다
너무 보고픈 내 어릴 적 친구들 꿈에 나타나 날 슬프게 하네

아련하게 보이는 내가 놀던 방 친구와 내가 함께 한 수많은 오후

그래 우리는 다음 날 아침까지 웃고 노래하며 밤을 지새우기도 했지

오래된 난롯가에 둘러앉아 주고받던 얘기들은 노래가 되었고 가진 것 없어
도 만족을 알았고 바깥세상에 대한 농담과 말을 즐겼지

주고받는 이성과 열정 속에 우리가 늙게 될 줄 생각도 못 했지

즐거운 날만 계속될 줄 알았는데 그런 행운아는 백만 대 일일 뿐이었어

검은색과 흰색의 구별은 어렵지 않지 옳고 그름의 차이 또한 모두가 알지

우리가 선택한 수많은 길에서 성공의 확률은 꽤 좁고 힘이 들었어

얼마나 많은 날이 지나갔나 얼마나 많은 승부에서 이기고 졌나

얼마나 많은 이들과 만남이 있었나 그 누구도 다시 볼 수가 없네

원하고 원하노니 헛될지라도 다시 한번 그 시절로 갈 수만 있다면

내 모자에 떨어지는 만 불을 그때처럼 될 수 있다면 모두 기쁘게 쓸 텐데"